夜の朝顔

豊島ミホ

目次

夜の朝顔

入道雲が消えないように

ドコドコドコドコ、と、不恰好《ぶかっこう》な音を立てながらバイクは山道をのぼっていた。私はじいちゃんの背中につかまりながら、気持ちよく頬《ほほ》を叩いていく風を感じている。

「センリぃ。もっとしゃんとつかまれ」

前からじいちゃんの声が飛んできた。私はうん、と言おうとするけれど、口を開いたら風が入ってうまく声を出せなかったので、ただ、しがみつく腕に力を入れた。じいちゃんの背中はでかい。そして、お父さんやお母さんからはしないにおいがする。日なたの土になじんだにおいだ。

顔だけ背中から離してみたら、真っ青な空が、木々の葉のあいだに見えた。はっきりとした輪郭《りんかく》で描かれる無数の葉。通り過ぎて緑の線になる。

ぜんぶぜんぶひかる。アスファルトの細い道も、曲がり角のカーブミラーも、前を行くキンおじちゃんの緑のバイクも。

夏なのだ。夏休み、初日。

ヘルメットがあるというのに、ばあちゃんが「着いてからかぶれ」と押し付けた麦わらは、とりあえず首からひもでぶら下がり、うなじでかさかさいっている。硬い荷台はそろそろお尻《しり》に痛かったけれど、まだ乗っていたいと思った。けれども、坂のてっぺんにあった線が、目の前に来てふっと消えたところで、キンおじちゃんが左にウィンカーを出した。じいちゃんの腕もぐいと動いた。スピードが落ちる。

「着いだど、センリ」

バイクが止まる。じいちゃんはバイクにまたがったままヘルメットを外していた。ひとりでずるずると荷台から降りると、そこはじゃがいも畑だった。

なだらかな斜面に、濃い緑の葉が低く繁っている。ちらちらと紫の花がのぞく、一面の畑だ。

おー、と私が声を上げると、ヘルメットを手にぶらさげたキンおじちゃんが近付いてきた。ヒッヒッヒッ、と喉《のど》の奥で笑ってから言う。

「すごいべ、センリ。これ全部お前のじいちゃんの畑だで」

「ほんとっ」

——これが全部じいちゃんのもの！

じゃがいも畑の上に広がる大きな夏空や入道雲、それまで全部じいちゃんのもの、つまりゆくゆくは私のものかと目を輝かせたところに、じいちゃんがかがみ込んで言った。

「あれの言うごどは、本気にすんなて。俺《おれ》の畑は隅っこのちょっとばしだ」じいちゃんのシミだらけの指が、私のヘルメットを外した。後ろで「兄さんだばクソ真面目だもんよ」とキンおじちゃんがぼやくのが聞こえた。冗談だったらしい。なーんだ、と思ったけれど、「じゃあ掘るべ」とじいちゃんがポケットから子ども用の軍手を差し出したので、私は大きくうなずいた。

一生懸命いもを掘った。みみずも出たけれど、別に怖くはないし、鉄製のスコップでざくざく掘った。温かく湿った土に、軍手から出た手首を沈めてみたりもした。

ひと通り掘った頃、キンおじちゃんがバイクからコーヒーの缶を三つ持ってきて、「たばごにするべ」と言った（たばごにする、とは煙草の時間にする＝ひと休み入れる、という意味だ）。じいちゃんは二つ缶を取って、「なあん、オメ、センリがこったな飲めるわげねえべ！」と顔をしかめた。「センリって何年生だっけ？」とキンおじちゃん。「一年生」と答えると、私のぶんのコーヒーは持っていかれそうになったが、「きねんにとっておくから」と言ってもらった。

じいちゃんとキンおじちゃんがコーヒーを飲み干す横で、私はその缶を手の中でころころ転がしていた。改めて空を見た。雲が、自分でひかっているみたいにまぶしく浮いていた。思わず顔をしかめたくらいだった。

「どうしたのセン、焼けちゃって」

お母さんが夕食の時に気が付いて、はすむかいから言った。私の手の甲は、確かに朝より茶色がかっている。

「山行ったの」

持っていたお椀《わん》を置いて言うと、右隣に座ったお父さんからすかさず質問が飛んだ。

「誰《だれ》とよ」

私は、さっきまでキンおじちゃんがつまんでいた青マメが食卓の隅に残っているのに目をやりながら、「じいちゃんと、キンおじちゃん」と答えた。お父さんの細い眉《まゆ》がぴくりと動く。家長席についたじいちゃんは何も言わないで、黙々とご飯を食べていた。その横のばあちゃんが、「とうさんと、欽二《きんじ》さんと、なあ」と説明的に付け足した。私はどきどきしながら「うん」と言う。夕食の直前までだらだら青マメをつまんでいたキンおじちゃんを、お父さんがいかにも邪魔くさいと言いたげなしかめ面で見ていたのを思い出す。

お父さんは東京から来た婿《むこ》で、この辺りの親族やご近所同士のなれなれしいさまを良く思っていない。小さい私にさえわかっていた。

お父さんが黙り込み、食卓に若干気まずい空気が流れた。これは何とかしなくてはと、私は子どもらしい責任感で口を開く。

「ねえねえ、塔子《とうこ》ちゃんは大島行くんだって。夏休み中に」

話題は大幅に飛んだけれど、お母さんは「へえ、どこの大島かしら」と答えてくれた。

「どこの大島って、大島だよ」

「セン、大島って島はたくさんあるのよ」

「ふうん」

食器が六人分、かちゃかちゃと音を立てている。じいちゃんと同じく、さっきから一切口を開いていないのが、私の真正面に座った妹のチエミだった。お母さんの横で、ゆっくりと何かをかみつぶしている。

チエミの皿の中身はさっぱり減らない。ほんの二つしか年が違わないのに、私のよりずっと小さい手の中で、箸《はし》が止まってしまっている。

「たくさんあるって、どこにあるの」

私がそう口にしたところで、チエミが「あとごちそうさま」と箸を置いた。白いご飯はもうほとんどなかったけれど、ピーマンと豚肉のしょうが炒《いた》めは、皿に山盛りのまま残っている。

「チエ、もういいの？」

「おなかいっぱいなの」

か細い声でチエミが答えた。こん、とチエミが咳《せき》をするとお母さんは「じゃあ歯、みがいたげるからテレビ見て待ってなさい」と言った。チエミがこくんとうなずく。

私は、時計と目の前のおかずが盛られた皿とを交互に見やった。もうすぐ七時で、「ドラゴンボール」が始まってしまう。なのに目の前の皿には、肉から巧妙《こうみょう》に除《よ》けられたピーマンが、ごろごろと横たわっていた。

試しにチエミと同じように「あとごちそうさま」と言って箸を置いてみたけれど、「ばがオメ、ピーマン残ってるねが」とばあちゃんに一喝《いっかつ》されただけだった。

席を立ってテレビのある部屋に行こうとしたチエミが、横目にこちらを見た気がした。チエミばっかりずるい、と言っても無駄なのは知っていた。チエミはぜんそく持ちで、とくべつ扱いされて当然なのだ。

——でもさっきの咳はわざとだ、ぜったいにそうだ。チエミもピーマン嫌いだもん。ブスッとした私の横から、お父さんの長い箸が伸びてきて、ピーマンを二、三個、取っていってくれた。お母さんが「残りは食べなさいね」と先生のように言う。廊下を隔てたふすまの向こうから、「ドラゴンボール」のテーマ曲がかすかに聞こえる。

——いいんだ。あとで缶コーヒー、チエミに見せびらかしてやる。

私はピーマンを口の中へ突っ込んで、大量の水とともにぐじゅぐじゅにかんで飲み下した。水でうすまるはずなのに、ピーマンの苦味は口じゅうをじわじわ責めたてた。

チエミはとても「からだが弱い」んだそうだ。

確かに、チエミがすごく小さかった時に、色んなチューブやコードをからだにくっつけて入院しているのを見た記憶があるから、そうなんだろうなとは思う。けれども、友達のきょうだいと違いすぎるので時々戸惑った。みんなのきょうだいは、どこへでも行けて、走り回れるのに、チエミはそうじゃないのだ。私はチエミのせいで遠くへ行けないことがあった。塔子ちゃんと、塔子ちゃんの兄さんと、茜《あかね》ちゃんと、それから二軒隣で一つ上のマーちゃん、みんなで集まって遊ぶことが多いけど、海に行ったり山に行ったりする時、私とチエミは残される。チエミの「からだが弱い」から。そして、チエミをひとりで置いていったらかわいそうだから。

本当にかわいそうなんだろうか、この子はひとりでも平気なんじゃないだろうかと、ひそかに思っているのだけれど、とにかくお母さんは「みんなと遊ぶ時、チエミだけ置いてけぼりにしちゃだめよ」と言うのだった。本人に訊《き》いてみなければわからないじゃないか、と思うけれど、訊くこと自体が残酷なのだろうと、子どもなりに漠然《ばくぜん》と知っていた。だから私はチエミと残った。海釣りに行ったことも、森に探検に行ったこともなかった。海なんて学校のすぐ裏なのに、寄り道は禁止だし、帰ってから戻るにはちょっと距離が遠いしで、なかなか遊びにいけなかった。何よりこの「夏休み」に入ってから、集落の子はみんな海に行ってばかりだというのに、私とチエミは一度も行っていない。

「今日も海なの？　たまにはこの辺で遊ぼうよ」

誘いにきた子に言ってみる。みんなは既に、浮き輪やシュノーケルやシャベルの入ったミニバケツなんかをそれぞれ持っている。

「だって暑いもん。ねえ、いいじゃん、チエちゃんは留守番で。センちゃん、行こうよ」

友達の誘いを断る時、チエミは隣でじっと私の顔を見上げている。その切実な視線は、悲しくて怖い。

「……ごめん、絶対怒られるし。行かない」

「そお？」

首を傾《かし》げて玄関を出ていくみんなを、チエミはどこか誇らしげな顔で見送っている。その真意はわからない。ただ私は、チエミを邪魔だなあと思ってしまわないように、強く強く意識している。

木造の大きな家の廊下は、みがかれきってテカテカひかっていた。風が通り抜けていくので、扇風機がなくても涼しく、私とチエミはよくそこに寝そべって絵を描いた。「夏休み」の時間はだらだらと過ぎた。一行日記は「おえかきした」「ままごとした」「ファミコンした」とか、夏休みらしくない書き込みで埋められていった。一日目の「ひがし山にいもほりにいった」だけが輝いていた。チエミは毎日学校に行かなくなった私に「何でいるの」と一度質問をしたけれど、「長い休みなんだよ」と言うと、「ふうん」とあまり興味なさそうにつぶやいただけだった。

あっという間に夏休みも半ばになろうかという頃、久しく顔を見せなかった塔子ちゃんがやってきて、大島のおみやげをくれた。陶器の鈴だった。

「ねえ、うちも旅行いこうよう」

手のひらに収まるような小さな箱に、さらにこぢんまり収まった鈴をにぎりしめて、私は針仕事をしているばあちゃんの背中にうったえた。私とチエミは相変わらず廊下でごろごろしていた。ばあちゃんは背中を向けたまま答えた。

「無理だってオメもわがってるべ？　チ……」

言いかけて、針を持った手が止まる。「チ」は「チエミ」の「チ」だ。私は直感的に振り返った。寝そべってらくがき帳を広げたチエミが、目を見開いてばあちゃんの背中を見つめていた。小さな手の中で、強くにぎられたクレヨンの側面がつぶれていた。

ばあちゃんがそこで、やり直すしるしですよというように、大きな咳払いをした。

「……盆になればいっぺお客さん泊まりにくるもんよ」

振り返って、「洸《こう》ちゃんもマリさんも来るよ」と付け加え、にっと笑う。

「洸兄《にい》、来るのっ？」

私はすっかり忘れていた、夏休みの一大行事を思い出す。お盆にたくさん泊まりにくる親戚《しんせき》たちのこと（勿論《もちろん》おみやげつきで）、その中でも一番かまってくれる洸兄のこと。マリさんは、洸兄のお姉さんで、私よりはむしろチエミをかわいがっている。チエミはマリさんの名前に目を輝かせた。

「マリちゃん、来るのっ？」

「来るよ。今週の金曜日に来てエ、なんぼ泊まるったっけな、一週間ぐれなば居るんでねべが」

やったあ、と私は声を上げて廊下を跳ね回った。チエミも座ったままにやにやしていた。


洸兄は私の五つ年上で、微妙な年頃だろうに面倒見がいいというので、親戚中の評判だった。じいちゃんの末の弟の子どもで、私から見ると実は一世代上に当たるわけだが、じいちゃんがなんと十人きょうだいの長男なので、年の差がほんの五歳になっているのだった。洸兄は実際よく遊んでくれた。去年はトンボとりに田んぼの中を駆け回ったし、その前はタバコ畑で鬼ごっこして葉をだめにして怒られた。

洸兄に連れられて、私は思う存分走り回ることができた。なぜなら、洸兄が居るということは、チエミにマリさんがついてくれているということになるからである。チエミは、大人っぽくてピアノの上手《うま》いマリさんを好きだし、マリさんもチエミをかわいがって、いつもは二つに結んで垂らしているだけのチエミの髪を、きれいな三つ編みに結い上げてくれたこともあった。

洸兄とマリさんが来れば、後ろめたいことはなんにもない。今年はもっと遠くまで行こう。山の神社のほうまで連れていってもらおう。それとも海に行って、みんなに自慢の洸兄を見せびらかしたらいいだろうか。

私は洸兄の来る日を指折り数えた。片手の指も全部は要らなかった。

その日はすぐにやってきて、玄関のチャイムが鳴った。

「ほれ、一関の家だど」

お茶の準備をしていたばあちゃんが、私とチエミに言った。イチノセキ、というのは洸兄一家が住んでいる街の名前だった（行ったことはないけど、なかなか遠いらしい）。苗字がうちと同じ「大原《おおはら》」なので、そう呼んで区別している。

私たちはバタバタと玄関に走り出た。

「こんにちはあ」

ひとまず床に正座してお辞儀《じぎ》をする。そうするようにしつけられているのだ。一関のおばちゃんが、私たちの顔をのぞき込んでにこにこしながら「こんにちはあ」と返してくれた。そうっと顔を上げると、洸兄の一家四人がそろって、大きな荷物を持って立っている。それで初めて私は、洸兄に飛びつくことを許されるのだった。

「洸兄っ、待ってた待ってた」

「おーう、セン！　また背、伸びたな」

そう言って笑った洸兄も六年生で、ものすごく上のほうに顔があった。日焼け顔がにっと笑う。私は嬉しくて、洸兄の胸の辺り、つまり、手の届く限り上のほうをどこどこ叩いた。

「痛いから痛いから」

と言いながら、あまり痛くなさそうに苦笑し、洸兄が靴を脱いだ。乾いた泥のこびりついたスニーカー、その大きさに私はちょっとびっくりする。

「でっかい！　何センチ？」

「にじゅご」

おー、としゃがみ込んで感嘆した私の横に、ふと白い裸足の足が置かれた。足の爪《つめ》がちかちかひかるピンクに塗られている。思わず目を留めたら、上からふふっと軽い笑い声が降ってきた。マリさんだった。不自然な足の爪に唖然《あぜん》としている私を見て、人さし指を口元にあてて微笑《ほほえ》む。マリさんはカバンのポケットから、あらかじめ用意してあったらしい靴下を出して、玄関でそれをはいた。

「マリー。早くしなさーい」

おばちゃんの声が呼ぶ。マリさんは「はーい」と高い声で答えながら、靴下のかかとをくいと引っぱり上げて派手なピンクの爪を隠しきってしまった。大量のおみやげやカバンなどを運んで、一家がばたばたと行き来する中、それはしっかりと「ないこと」にされた。私は「へんなの」としか思わなかったけれど、マリさんの長いスカートの裾《すそ》をにぎりしめたチエミは、おびえたように眉をぐっと寄せていた。

「チエミ?」

私が呼びかけると、チエミは「ううん」と言ってその顔のまま首を振った。玄関の窓からは、せわしなく蟬《せみ》の声が降りかかっていた。

お茶菓子を適当につついたあとで、さっそく私は洸兄と連れ立って家を出た。私の手はしっかりと、洸兄ににぎられている。逆の手には浮き輪があった。

洸兄ひとりに私をまかせて海へ行かせるなんて、と両親はいい顔をしなかったけれど、今日はマーちゃんのパパが海についていっているというのを近所で聞き入れると、まあそれならと浮き輪を出してくれた。洸兄はちゃっかり海水パンツを持ってきていて、それをトイレでズボンの下に仕込んだ。

「いやあ、海行きたかったんだよな、ここ来るたび」

学校のほうへ向かう長い直線の舗装《ほそう》道路を歩きながら、洸兄が言った。

「イチノセキには海ないの？」

「ないよ。行こうと思うとすごい遠い。だからここ、うらやましいッスよ」

アスファルトの上には、私と洸兄の影が短く落ちていた。田んぼが続く道の両側が、途中から家の並びに変わり、私たちは時々自転車に追い越されたり向こうから来る人とすれ違ったりした。そのたびに私は、人影が同級生かどうかしっかり確認した。そうだったら、手を振って合図して、「誰その人？」と言わせなければならない。「洸兄だよ」と自慢しなければならないのだ。

そこまで考えてふと、洸兄を見上げて手を引いた。

「ね、洸兄」

私を見下ろす洸兄の顔が、逆光で翳《かげ》る。しかし「ん？」と言った声色《こわいろ》はいつも通りやさしい。

「みんなに、洸兄のこと『誰？』って訊かれたら、私何て説明すればいい？　洸兄って、私のなあに？」

私はまだ洸兄と自分との血縁関係をつかめていなかった。「親戚」という認識以外には何もなかったのだ。しかし洸兄はちゃんとわかっていたようで「洸兄は、センのおじさんだ！」と威勢《いせい》よく答えたものの、「待てよ」と首を傾げた。

「おじさんというのは、父さん母さんのきょうだいのことだから、へんだな。違うな」

とか何とかぶつぶつ言ったあと、いたずらをひらめいたようにニタリと笑ってこちらを見た。

「『夏休み限定・兄』だ。そう言っとけ」

「うん！」

あにあに、と繰り返しながら道を歩いた。十五分くらい歩いて、急カーブを折れると学校に上がる坂道が見える。そこをのぼらないで、横道にそれればすぐ海に出た。

海が見えると洸兄は遠慮がちに「走んね？」と囁《ささや》いた。私は浮き輪を持った手を「おー」と上げる。サンダルで駆け出す。せいいっぱい、よたよた走る私に合わせて、洸兄は隣で、余る歩幅をそのぶん上に浮かせ、ふーわふーわと走った。

堤防を駆け下りる。サンダルの下でコンクリートがこすれてジャリジャリいう。浜で砂をいじっていたマーちゃんが手を振る。

「センちゃん！」

その声に、海に居るみんなが振り返った。視線が集まる。白い波の端もきらきらしながらこちらへせまってくる。みんなを代表して洸兄を指し「誰？」と訊いたマーちゃんに、私はいよいよ得意気に答えた。

「夏休み限定・あに！」

洸兄はさっそくTシャツを脱いで、「兄でーす」と言った。けどマーちゃんの後ろから、マーちゃんのパパがぬっと現れるなり、「……センのじいちゃんの、末の弟の、子どもです」と訂正した。

午前の海はまだ冷たさがどこかに残っていて、時々水を掻《か》いた足指の先に温度差を感じた。心地よい。浮き輪につかまって海に身をまかせていると、洸兄が水中から手を出して私の浮き輪をつついたり引いたり、いたずらをしかけた。私はそのたびにキャッキャと高い声を上げて喜び、洸兄も満足気に笑った。

日が高くのぼっていく。あたためられる海の中を、洸兄は自在に泳ぐ。

私がひと休みしに浜に上がると、マーちゃんが寄ってきて囁いた。

「センちゃんの兄さん、シャチみたいでかっこいいよね」

シャチ！　なるほど、日に焼けた身体でしなやかに海の波を切る洸兄は、シャチのようにも見えた。

洸兄は休みもせず、海で泳ぎ続けた。四年生の、塔子ちゃんの兄さんと競争して、いつになくはしゃいでいた。

「おーい、いいかげん帰らせてくれよ。おじさん腹減ったよ」

マーちゃんのパパが、私たちにお願いするようにそう言ったのは一時過ぎだった。私はまたかなり黒くなった。洸兄も「頭ヒリヒリする」と言って、時折短い髪に指を突っ込んだりしていた。

帰りはみんなで群れて歩いた。一番後ろをマーちゃんのパパが守る集団移動の中で、私と洸兄はほぼ真ん中におり、泳ぎ疲れて垂れそうな手を、引き合うようにつないでいた。

家に着くと、既に片付いている食卓に、大きなざるが一つだけのっかっていた。中には少し乾きかけたそうめんの束があった。私と洸兄はとにかくそのそうめんを喉に流し込み、すぐに仏間に寝転がった。力の抜けた手足は、ぱたんと投げ出すとそのまま畳になじんだ。

間もなく洸兄の軽いいびきが聞こえだして、私のまぶたも落ちかける。扇風機のモーター音がする。その向こうにはポロポロとピアノの音色。マリさんが、チエミのために弾いているのだ。前髪を撫《な》でるぬるい風を感じながら、私は静かに眠りに落ちる。

一度、チエミに揺り起こされた気がした。「スイカだど」というばあちゃんの声を聞いた気もした。けれどもまぶたを開くことができない。波の残像のような、やわらかな揺れの夢に包まれている。


「セン〜。起きれ〜」

まだ寝ぼけたような洸兄の声に起こされた時には、もう夕食のにおいがしていた。ごま油が香る。あ、中華サラダだ、と思うとぱっともやが飛ぶように目が冴《さ》えた。身体を起こしたら、すぐ横であぐらをかいた洸兄の頬に、畳のぼこぼこがくっついているのが目に入った。

「洸兄、ほっぺぼこぼこしてるよ」

私が言うと、洸兄はじっと私の顔を見て「お前もぼこぼこしてるって」と言った。

いつの間にか窓の外は薄暗く、網戸越しに涼しい風が入り込んできた。古い風鈴が一つ、長い音を立てる。

「洸ちゃん、セン、もう夕ご飯だよ、ほら」

お母さんにうながされて、立ち上がる。一時的に十人家族になった居間には、折りたたみ式のテーブルが出され、いつものがっしりしたテーブルと並べて置かれていた。子どもたちは小さいテーブルで食べるのだ。

「私、洸兄の隣！」

「俺も、センのとーなり」

気付けばおなかはすっからかんだった。「いただきます」と同時にお茶碗《ちゃわん》にがっつこうとしたら、肝心《かんじん》の箸がない。「はしー」と言うと、大人のテーブルからひょいひょいと何人かの手を渡って箸立てがやってきて、最後に洸兄が「セン、はい」と私の手の中にくれた。そんなちっちゃいことが嬉しい。

私の前で、マリさんにドレッシングのびんを振ってもらっているチエミも、やせているはずの頬をふくふくさせていた。

じいちゃんは一関のおじさんに何やら話しかけ、おじさんは快活に笑いながら、それでも隣にいるウチのお父さんに話題を振ることを忘れない。おじさんにお酒をすすめられたお父さんは、断りきれずに顔を赤くしている。おちょこ一杯の日本酒のにおいが、ざわめきにのって時々ここまで香った。

その手前では女三人——ばあちゃん、お母さん、おばさん——が、くちゃくちゃと何やら話しては高い笑い声を上げている。おばさんは血のつながりがないはずなのに、笑った時の歯の見え方なんかがウチのお母さんによく似ていた。

隣には、口の中にもくもくとご飯を入れる洸兄。

「セン、これ食ったらファミコンやろうな」

「うん！」

たくさんの会話が飛び交う。食器のかちゃかちゃなんて、声の下に隠れてしまってほとんど聞こえない。食卓の周りだけ、何となく暑い気さえする。

私は小さいテーブルの隅にいて、でも確かに大きく包まれていると感じた。この騒がしい食卓の中に、すっぽりと。それはとても心地よかった。

「ね、洸兄、イチノセキの一家とウチと、一緒になればいいと思わない？」

隣に話しかけると、洸兄はご飯茶碗を下ろして、「ん。ほえいい」とやっぱりご飯で頰をふくらませながら箸で私を指した。それで私はますます気を良くした。

が、そこにマリさんの高い笑い声が割って入った。それは会話に夢中な大人たちの気までは引かなかったけれども。

「やあだあ、センちゃん。そんなことあるわけないじゃない」

見ればマリさんは、ひどいくらいにいつもと同じ、やさしげな顔で笑っていた。その横でチエミが、口元にご飯つぶをくっつけたままぽかんとした。私も、まさか真っ向から否定されるとは思っていなかったので、まばたきしかできなかった。隣で洸兄が、明らかにむっとしたのがわかった。

「大人げねえの……」

洸兄のそのつぶやきを、マリさんは聞き逃さなかった。マリさんはわざと強く箸をお碗の上に置いた。ふたりのあいだの空気が張る。

頭がすうっと冷えた。この姉弟の確執《かくしつ》など知らなかったものだから、見せつけられてショックだった。けれどもそれより、私の気にかかっていたのは、真正面に座ったチエミのことだった。チエミは涙を抑えるというよりは引っ込ますように、目も鼻の穴もいっぱいに開いて、肩を小さく震わせていた。それが痛々しくて、私は本当にさっきの発言を後悔した。

三日だった。高校生になったマリさんが、この何もない田舎で子守に耐えられたのは。

四日目に、マリさんはお先にとこの家を出ていった。電車で帰ると四回も乗換えがいるらしいのに、それでもひとりで帰った。「夏休みの宿題が間に合わない」という口実ではあったけれど、私はお母さんとばあちゃんが皿洗いをしながらぐちゃぐちゃ言うのを聞いてしまった。

「宿題やんねばなんねような、いい学校でもねえねがなあ」

「見だが、あンの足の爪や｜。まっピンクよ」

三日間通っていた海に、私と洸兄は行けなくなった。チエミを連れて、田んぼのあぜ道をぶらぶらした。洸兄はトンボをつかまえて私の耳をかませたり、草相撲に使ういい草の選び方を教えてくれたり、相変わらず面倒見のいい洸兄だったけれど、どこか心ここにあらず、なことが多くなった。私とチエミを遊ばせて、自分は庭の塀の上に腰かけてぼうとする時間もあった。

そういう洸兄を見つけてしまうと、私は何とか気を引きたくて、「連続コインを取るマリオ」とか「マリオに踏まれるクリボー」とかファミコンネタのものまねを披露《ひろう》した。洸兄は大いにウケて、手を叩いて喜んでくれたけれど、でもそれは何の歯止めにもならなかった。私だってわかってはいた。マリさんはきっと二度とここに来ない。そして洸兄も、この先もう何度もここに来て遊んでくれはしないのだ。今年を入れて数えても、五本の指が洸兄のために折られることはないだろう。

八日目に私たち――家族全員から、もう仕事の始まった両親を除いた四人――は、イチノセキ一家を道まで出て見送った。ライトバンの後部座席に乗った洸兄は、私とチエミの頭をそれぞれぽんぽんと叩いて、「また来年な」と言って例のごとく健康的に笑った。私たちは何も言わずにうなずいた。

洸兄とおばちゃんが手を振る、車の窓が遠ざかる。砂利道から出て、学校とは逆のほうへ、長い長い一本道を車は行く。次の集落に入るまで、ずっと車は見えていて、私たちは手を振り続ける。洸兄たちも、私たちが消えるまでえんえん手を振っている。

赤い屋根の家の陰に、車がすっと隠れてしまうと、じいちゃんもばあちゃんもフーッと大きくひと息ついた。「終わった終わった」などと腰を伸ばしながら家のほうへ引っ込んでいく。いつもなら私とチエミもすぐそれに続くのだけれど、チエミはうつむいて動かなかった。私もそこでじっとしていた。

「ねえちゃん」

チエミがふいに顔を上げた。ぎらぎらと濡《ぬ》れた瞳《ひとみ》が、まっすぐに私を見た。

「マリちゃん、もう来ないよね」

来ないだろうね、とあやうく返しそうになるのを、ぎりぎりのところで呑《の》み込む。

「わかんないよ。来年になってみなくちゃわかんないよ」

私は腰をかがめて、チエミの両手をにぎった。小さな手はとても熱い。

チエミがぼろんと大粒の涙をこぼして、思わずつられそうになるのをこらえた。うつむいたら足元で、蝉の死骸《しがい》に蟻《あり》がたかっていた。蝉は、夏の陽に焼かれきってしまったかのように乾いていた。

ざっと音がする。風が吹いて、稲の葉を撫でる音だ。大きい風が、チエミの長い髪をばあっと舞わせて、私の半ズボンから出た脚のあいだを通り抜けていく。

気が付いたら夏休みは、あと四日しかなかった。洸兄が来た日から、一行日記が白いままなのを思い出す。遊び疲れて何も書けなかったのだ。その七行を、小さい文字でつめてつめて十四行くらいにしよう、と思いながら、私は洸兄がしてくれたように、チエミの手をしっかりとにぎり続けていた。

ビニールの下の女の子

篤史《あつし》くんがシッポをちぎった時、そのトンボは時計の秒針のようにチッと鳴いた気がした。

「見てろよ、飛ぶぞ飛ぶぞ」

そう言いながらも篤史くんは、トンボのはねをつまんだ指を離そうとしない。コンクリート塀の上に腰かけた茜ちゃんが、「ばかじゃん篤史、そんなの飛ばないに決まってるよ」と鼻で笑うのが聞こえた。

「ねえセンちゃん。飛ばないよね」

茜ちゃんの強い視線が、篤史くんのすぐ横に立った私に注がれるのがわかる。私はちょっと茜ちゃんのほうを気にして「そうだと思う」と言いながらも、すぐに篤史くんの手元に目を奪われてしまった。シッポ――理科のテストでは「はら」と書くべき部分――を抜き取られたトンボが、機械の部品のような六本の脚をせわしなく動かしている。でも、はねをつかまれたトンボなんてたいていはそうやってわしわしと脚を動かしているものだし、プラスチックのようにつるんとした二つの目玉は、痛みをうったえているようにはとても見えない。トンボの顔は、まるっきりお面みたいだった。

田んぼをつらぬく舗装道路のわき、家々の並びに虫歯の穴ぼこのように存在している小さながらんどうの駐車場に、私たちは居た。私と茜ちゃんと篤史くん、それに和《かず》也《や》くんと塔子ちゃん。

優等生の和也くんは、さっきから曖昧《あいまい》な笑みを浮かべて篤史くんの横に立っている。篤史くんがアメ玉の包み紙のように無造作《むぞうさ》に投げ捨てた、トンボの赤いシッポのほうを、時々目だけ動かして見て、膝《ひざ》から下だけもじもじしている。多分怖がっているんだろう、でもそれは顔には出ていない。やめようよ、などと意見して篤史くんにどつかれることのほうがもっと怖いんだろう。

和也くんと同じくさっきから全く口を開いていないのが、私の後ろにいる塔子ちゃんだ。ちょっと振り返って見たら、塔子ちゃんは二つに結った髪の先を、自分でぎゅうと引っぱったまま、すわった目でトンボを見ていた。

その塔子ちゃんの目の前に、篤史くんはシッポをなくしたトンボを近づけてみせた。ほらほら塔子、とふざけた口調で言う。篤史くんは、この五人の中でひとりだけ学年が下のくせして、ひゅるりと背が高い。わりと背の高い塔子ちゃんの鼻先にも簡単に手が届く。

　塔子ちゃんはぎゅっと目をつぶって、ただ黙った。口も力いっぱい閉じて、唇の下にうめぼしの種みたいな凸凹ができている。篤史くんはそれを見ると、ふいと横に目を逸《そ》らした。気のせいか、少し淋《さみ》しそうに見えた。

　それで私は、「ねえ、本当に飛ぶの」と声をかけてみた。私は篤史くんを知っていたけれども、いつも遊ぶほどにはなじんでいなかった。だからなかなか、どんな風に話しかけていいかわからない。向こうも、ぎこちない間を置いて「飛ぶって」と言っただけだった。

　塀の上の茜ちゃんが、「飛ばなかったらひゃくまんえーん」と言うのと同時に、篤史くんは右手の指を開いた。音もなく離れたトンボは、一瞬落下しかけたけれども、私たちの輪の上にあがっていった。

　おかしなことに、誰ひとり歓声を上げなかった。茜ちゃんの舌打ちは聞こえたけれど、和也くんは相変わらず気弱に笑っているだけだった。篤史くんも、ほら見ろ、などと言い出すことはなく、ただ、バランスを崩さないようにおそるおそる進んでいるようなトンボの飛ぶ軌跡《きせき》をにらむように目で追っていた。

妙な空気だった。出てくると思わないで呼んでみたＵＦＯに、あっさり出現されてしまったような。

山の上には絵に描いたようなさらりとしたスジ雲がある。茜ちゃんの腰かけたコンクリート塀の向こうには稲の穂が、切りそろえられた人形の髪の毛先のようにきれいに並んでいた。秋の初めで、乾き始めた草のにおいが淡く浮かんでいる。身体の半分をなくしたトンボは、空に消えていってくれず、私たちの視界の中を――その、唱歌にうたわれそうな秋景色の中を、がたがたとバランスを崩しながらしばらく漂っていた。

ざしゅ、と、靴の底がアスファルトにこすれる音がした。篤史くんが首を垂れていた。多分、トンボのシッポを踏みつけたんだと思う。私は彼の足元を見ないように目を逸らした。それでたまたま、篤史くんの首ねっこに、古い傷があるのを見つけてしまった。傷は、日に焼けた黒い首をすっぱり横切るように走っている。それどうしたの、と訊こうとしたところに、塔子ちゃんの声が割り込んできた。

「帰る」

と同時に、私は強く腕を引かれていた。その駐車場から塔子ちゃんと同じ方向に帰るのが、たまたま私だけだったからだろう。

篤史くんはそれを聞くと、何かの癖《くせ》のように右腕を首にまわして、ぱちんと傷跡を叩いた。「帰れ弱虫」とつぶやく。

塔子ちゃんは私の腕を引いたまま歩き出した。駐車場を出るとすぐにぱっと手を離す。

「もうやめようね、篤史と遊ぶの」

道の先を見ながら塔子ちゃんが言った。影が長く左に落ちていた。私は「うん」と言ってそれきり、どんな言葉を選んだらいいのか迷って迷って何も言えなかった。

「でも篤史くんって、和也くんと塔子ちゃんとすっごい小さい頃から仲良しなんでしょ？」

ようやく別の話題を見つけて口を開いた時、私たちは集落の端まで来ていた。道の両脇に並んだ家が途切れ途切れになって、上にはぽかんと空が口を開けている。空にはごまをふりかけたように小さな点がぱらぱらとあって、それは全部トンボだった。

少し先を歩いていた塔子ちゃんが振り返って「そんなこと関係ないよ」とつぶやいた。と同時に一匹のトンボが彼女に寄ってきて、肩にふわんと着地した。塔子ちゃんはそれに気付かないまま、「じゃあね」と手を振る。目の前に塔子ちゃんの家――この辺では比較的新しい、白い壁のお家があった。私はトンボのことを言わないで、明日ね、と手を振り返す。トンボは相変わらずどこかぜんまいじかけめいていて、小さくチリチリと首や口を動かしながらこちらを見ているような気がした。

塔子ちゃんの家を過ぎると、唐突に竹やぶが現れる。竹やぶの上は空が途切れて、薄暗い波の音がした。ざくざくと地面に刺さるように生えた竹の節の向こうは、薄暗くて何も見えない。日が暮れかけているのに気付いた私は、その竹やぶの暗がりの前を、全力疾走《しっそう》で駆け抜けた。帰ったら五時を五分ばかり過ぎていて、ばあちゃんにこっぴどく叱《しか》られた。


山をひとつ越えた向こうの町で女の子がひとりいなくなった、と聞いたのは翌日の朝の会だった。

「きみたちと同じ二年生だ」

教卓に両手をついて、先生はひどく深刻な声でそう言った。昨日から、聞き覚えのある町の名前がテレビから聞こえるような気がするのはその事件のせいだった。

「女の子は見つかっていないし、犯人もまだわからない。山北《やまきた》小でも今日からしばらく集団下校を行う。登校班と同じ班で帰ること。六年生まで全学年、ピロティーに集合することになってるからな」

一時間目の休み時間は、さっそくその事件の話でもちきりになった。

「ねえ、知ってる？　いなくなった子って、平田東《ひらたひがし》小の子らしいよ！」

「うわあ、ほぼ隣じゃん」

男子も女子も、あちこちでかたまりを作ってわんわん喋《しゃべ》っている。お調子もののともっぺが、「え、でも俺んち全然身代金出せないから安全かも！」と楽しげに言うのが聞こえた。私は、例によって茜ちゃんと塔子ちゃんと一緒に、まだ入っていない暖房の傍《そば》にたむろしていた。

「……みのしろきん、とかの話じゃないよねえ」

茜ちゃんが、教室の対角線側に居るともっぺにちらりと視線を投げてから、つぶやいた。

「テレビで言ってんの聞いたけど、キョーハク電話とかはないんだって。ただ、車に乗るのを見たって言う人が居るから事件だってわかっただけでさ。犯人から何か言ってきたりしたわけじゃないんだって」

「お金もらえないのに、何でさらうの？」

私が思ったままを口にすると、茜ちゃんはちょっと黙った。それから投げやりに「変なおじさんだからだよ、きっと」と言った。

変なおじさんか、と私が繰り返すと茜ちゃんは、自慢の長い髪を女優さんよろしくサラッと手で搔いて、「気持ちわるーい」と口をとがらせた。茜ちゃんはかわいいけど、なんというかさらわれるタイプじゃないんじゃないか、と思う。けれど一応言わないでおいた。茜ちゃんはけだるげに首を反《そ》らす。

「あたしもう、犯人つかまるまで外で遊ばないことにしよっかなあ」

茜ちゃんが声量を上げる。教室のみんなが振り返った。

「ねえ塔子、そうしようよ」

さっきから発言しない塔子ちゃんの顔を、茜ちゃんがのぞき込む。塔子ちゃんは真っ白な顔で、そこに棒立ちになっていた。

「ちょっと、大丈夫？」

「塔子ちゃん」

私と茜ちゃんが声をかけるのが同時だった。塔子ちゃんは、なんでもない、などと首を横に振るかと思いきや、前置きなくこう言った。

「死んじゃったのかなあ」

「は？」

茜ちゃんがぽかんと口を開けた。塔子ちゃんはどこかぼんやりした視線を、茜ちゃんのデニムのジャンパースカートについたポケットの辺りに向けて続けた。

「その女の子、もう死んじゃったと思わない？」

私は茜ちゃんと顔を見合わせた。私たちの息が合うのは珍しかったんだけれど、本当に同じタイミングでお互いの顔を見た。茜ちゃんがもう一回「は？」などと言い出しそうだったので、私はあわてて口を開いた。

「そんなこと言っちゃだめだよ、塔子ちゃん」

「だって……」

塔子ちゃんはいったん息を止めるように間《ま》を置いた。後ろにある窓の外の雲が流れて、ふわりと陽が差し、塔子ちゃんの結んだ髪の毛の輪郭を、うす茶色に照らした。でもすぐに陽は翳って、その髪の毛のふちも、ふっと暗く沈んでしまう。秋の雲の流れは速い。

塔子ちゃんは、昨日篤史くんがしたように、靴底で教室の床をひとつこすってから言った。

「昨日、篤史が適当にトンボつかまえてシッポ抜いたでしょ。トンボは、それまでただ普通に飛んでただけだったのに。それとおんなじで、誰かがその子のこと適当につかまえたんだと思うの」

茜ちゃんがフに落ちないような顔でやっぱり「ええ？」と言った。私も一瞬、塔子ちゃんが何を言いたいのかわからなかった。何を怖がっているのかはもっとわからなかった。でも、次のひと言でうっすらと気付いた。

「あたしたちだって、明日どうなるかわかんないって思わない？」

帰りのピロティーはひどくごみごみしていた。一年生から六年生までの集団下校というのは初めてのことだった。一学年一クラスの小さな学校とはいえ、全校児童が集まると二百人以上になる。

高学年の班長さんたちが黄色い旗をぱたぱたと振って合図していた。私はその中から、いつも一緒に学校に来るお兄さんを見つけて走り寄る。すぐ隣に、塔子ちゃんの班の人たちが縦に列を作っていた。一年生の篤史くんも居る。塔子ちゃんはそのすぐ後ろで、篤史くんのランドセルを見ないようにするためみたいに、ピロティーに敷きつめられたプラスチックのニセ芝生《しばふ》をつま先でいじっていた。篤史くんは篤史くんで、班長の六年生のおなかをつついてちょっかいを出しつつ、八重歯を見せて、にしにしと笑っている。

全員がそろったので、私の班と塔子ちゃんの班はほぼ同時に校門を出た。いつの間にか空はくもってきていた。目の粗いアスファルトが、なんとなく色を濃くして湿り始めているのがわかる。こういう時は、もうすぐ雨が降るのだ。後ろで五年生のお姉さんたちが「こりゃ降るね」「五時間目で終わって助かったわ」などと話しているのが聞こえる。海のほうから、塩っ気と湿り気をふくんだ風が吹き付けて、直線道路の通学路はいつもより長い気がした。

田んぼの真ん中にある十字路まで来て、私たちの班は左に折れ、砂利道《じゃりみち》に入った。塔子ちゃんの班とはここで別れる。私は、少し後ろを歩いてくる列を振り返って「塔子ちゃん」と呼んだ。列の中で、塔子ちゃんはつま先ばかり見ながら歩いていたので、手を振っただけでは気付いてくれなそうだったから。

ばいばい、と私が言うと、塔子ちゃんはひかえめに笑って手を振った。私の家は角を曲がってすぐのところに、塔子ちゃんの家は直進してすぐの竹やぶの向こうに、それぞれ見えている。

班の人にもさようならを言って、家の門――「門」というほどのものでもない、ブロック塀のすきまのようなものだけど――をくぐった時、頭のてっぺんに一点、重みを感じた。一気に、土がにおいを増した気がした。雨だ。

と同時に、砂利の上を転がるような足音が後から追いかけてきた。続いて、塔子ちゃんの叫び声。

「センちゃん！　来て！」

登校班の列は、道のはるか向こうにちらつくだけになっていた。多分、雨が降り出したところ——塔子ちゃんの家の前辺りから走り出したんだろう。

まだ弱い雨の中で、私たちは竹やぶの前に立っていた。塔子ちゃんは泣き出しそうな顔をしていた、というか、しゃくりあげる寸前みたいに、形の良い鼻の上にちょっとしわを作っていた。塔子ちゃんが一瞬指し示してぱっと指を縮めた、その向こう、竹やぶの中に見えたのは、水色のゴミ袋だった。

そうだ、ゴミ袋だ。私たちが小学校に入った年から使われなくなった、中の見えない袋。それは、ごたごたと重みのあるものを詰められたように、ところどころつっぱりながら地面の上に無造作に置かれていた。生いしげる笹の葉の奥でも、嘘《うそ》くさいアニメの空の色をしたゴミ袋ははっきりとわかった。塔子ちゃんが何を言いたくて私をここへ引っぱってきたのかも。

高いところから幾重《いくえ》にも重なる竹の葉の中をくぐり抜けて、雨が落ちる。地面を覆《おお》う笹の上に落ちて、ぱたぱたとこびとが走り回るような音を立てる。その雨のこびとが群れになって竹やぶから流れてきて、私の足元にのぼってきたみたいに、地面のほうから寒気が走った。

「昨日はなかったの？」

そう訊くと、塔子ちゃんは「わかんない」と答えた。

「わかんないけど、あったら気付いてると思う。目立つし」

「そっか。そうかもね」

私はなるべく自分を落ち着かせようとしていた。でも、眉間《みけん》の三センチ先に漂っている悪い予感のようなものは消せない。

塔子ちゃんの手が、私の指先をそっとにぎった。私たちは、しばらく道の上から竹やぶの中の水色を見つめていた。雨が私たちを、地面を、少しずつ冷やしていった。

「きっと違うよ、塔子ちゃん」

やっとのことで、私は口を開いた。自分の息が熱く感じられるくらいに、空気が冷え始めていた。

「こんな、見つけやすいところに捨てるわけないよ。道から丸見えだし」

私の手に触れた小さな指も、冷えて硬くなっていた。塔子ちゃんは「そうだよね、違うよね」と言ったけれども、ゴミ袋から視線を外そうとしなかった。

気休めで言ったんじゃない、本当に違うと思う。あの中にいなくなった女の子が入っているなんて、そんなわけない。開ければ、つまらないガラクタか何かが入っているに違いない。フホートーキ、というやつだ。町指定の高いゴミ袋が使われるようになってから、山にゴミを捨てたりするようなケチな家も出てきたんだと、いつかばあちゃんがぶつぶつ言っているのを聞いた。あれも、そういう風にして捨てられたゴミなんだと思う。多分。

そう思うなら確かめればいいのだけれど、足が動かなかった。道から二、三歩入って、笹を掻き分ければ、袋の中身がかたいものかやわらかいものかぐらい判断がつきそうだ。でも何か、強い力が、竹やぶの中からむっと立ち上がって、私たちを押し返そうとしているような気がする。

――もしも、中身が女の子だったら。

「おとなの人呼んでこようか……」

もう自分にはどうにもできない、と思って言うと、塔子ちゃんが「やめてよ！」と高い声で叫んだ。びっくりした。

私がきょとんとして隣に目をやると、塔子ちゃんは目の下を赤くして「あっ」と言った。

「ごめん。でも、あたし」

そこまで言った声が、嗚咽《おえつ》に変わった。大粒の涙が、上向きの目尻からこぼれ落ちて雨に混じる。その泣き声も、笹の葉の上のこびとがぱたぱたする音に消される。

「あたし見たのっ、篤史がまだちっちゃい頃、用水路のとこで一緒に遊んでて……。知らない人が近づいてきて、篤史のこと突き落としたのっ」

涙声でしゃっくりを呑み呑み塔子ちゃんが言った。私はこの間見つけた首の傷に思い当たって唖然とした。

知らなかった。この、なんにもない町で、自分のすぐそばで、そんなことが起こっていたなんて。

私は篤史くんがしたように、右腕を首の後ろに回していた。

「じゃあ、篤史くんのここんとこにあるのって――」

塔子ちゃんは首をちぎれそうなほど強く、縦に一回振った。

「用水路の、コンクリートの角にざくっといって……血がいっぱい出て」

雨はすっかり、塔子ちゃんの髪を濡らしていた。横に結んで垂らした髪は、首にへばりついてぬるりとひかっていた。竹やぶの下に広がる笹の葉も、同じ色でひかる。

私は目を見開いてゴミ袋を見つめていた。もういや、と塔子ちゃんがつぶやくのが聞こえた。

「センちゃん、誰にも言わないで。あれきっとゴミだから」

袋の水色は、相変わらず笹の葉の向こうにちゃんとある。雨に濡れて、よけいどっしりしたみたいだった。

「もう見たくないの、ああいうの」

塔子ちゃんの言葉はものすごく矛盾《むじゅん》していた。でも私は、その時にはすっかり、塔子ちゃんが感じているのと同じくらいだと思われる寒気を味わっていて——ようするに逃げ出したいくらいには怖くなっていて——ただうなずいてしまったのだった。

「塔子ちゃん、帰ろう。風邪ひいちゃうよ」

夕方のニュースも、行方不明の女の子のことから始まった。今日もソウサクが続いています、とアナウンサーのおじさんが言った、その後ろに流れる映像を、私は家族のみんなに悟られないように何度も横目で確かめた。あの竹やぶが、今にも画面に映るんじゃないかと思って。けれどもそこに映し出されているのは、見慣れない山や、寒々しい国道の景色だったりした。

「セン、しばらく外で遊ばないほうがいいんじゃないの？」

お母さんがみそ汁をすすりながら言った。そこにばあちゃんが、「よりによってこの時にしゃ、濡れで帰ってきたっけ、今日」と私のことを報告したので、夕飯の食卓はえんえんお小言になってしまった。じいちゃんとお母さんと、ダブルでごとごと言い出した。約束の時間までに帰れとか、知らない人に声をかけられても答えてはいけないとかいうお決まりの文句が、ニュースが天気予報に変わるまで続いていたみたいだったけれど、全然頭に入ってこない。

——だって、へんなゴミ袋を見つけちゃって。

何度もそう言いかけては押しとどめるのに必死だったのだ。雨は夜半には上がるでしょう、とお天気お姉さんが言ったのと同時に、お父さんが箸を置いた。

「ま、遠くないうち見つかるだろ。犯人も、それも」

それ、というのは女の子のことらしかった。こんなクソ田舎で足がつかないわけがない、車も見られてるし、とお父さんが独り言のようにぶつぶつ言うのを、私は聞くともなしに聞いてしまった。

——見つかる？　ちゃんと見つかってくれる？

その夜、私は数えきれないくらいの寝返りを、眠れないまま打った。

ふすまの向こうでは妹がとっくに寝息を立てていた。隣の部屋は電気が消えて、いつも眠る頃ふすまから漏れて筋を作るひかりが、もうない。真っ暗なはずなのに、目が冴えきって天井の木目が見えた。じっと眺めていると、木目のゆるやかなカーブがあやふやになってくる。遠近感がくらくらと狂い出す。夜がふくらむ。

目を閉じると、まぶたの裏にあのゴミ袋の水色が、とうろうの灯りのようにぼんやりと浮かぶから、私はいつまでも眠ることができない。

時間が経《た》ったせいか、竹やぶで感じた寒気はかなりうすらいでいた。代わりに、漠然と怖いものだったその女の子のかたちが、だんだん目に見えるような気がしてきていた。私と同じ、二年生の女の子。ごく普通の、こういう町、山をひとつ越えただけの隣の町に住む女の子だ。そうだったはずだ。友達と顔を見合わせて笑ったり、あるいはしっくりいかなくて作り笑いをしたり、家族のことを好きだったり嫌いだったり、宿題をやったりやらなかったり。多分、大げさなことのない毎日があって、その子だって、自分の日々についてどうこう思ったりするわけでもなくて、ただ過ごしているだけなのだ。そこに大きな手が伸びる。トンボのシッポを引っこ抜いた篤史くんの手、トンボにとってはわけのわからないくらい大きな手が。その篤史くんだって、また別の大きな手にひょいとつかまえられてしまうのに。

「あたしたちだって、明日どうなるかわかんないって思わない？」

そうだ、明日つかまえられるのは私かもしれないし、塔子ちゃんかもしれない。そう思うと、急に泣き出したくなった。

――私たちがこみこみ動いて暮らしていることなんて、すごくすごくあっけないことなんだ。

自分がどうこうされるのが怖いとか、そういう意味じゃなくて怖かった。天井の木目が、こうしてじっと見つめていても暗闇に沈んだりふっと立ち現れたりするみたいに、自分が見ている何もかもがひどくあやふやなものだとわかったから。そう「思った」んじゃない、「わかった」のだ、本当に。

雨が上がって、風もないはずなのに、家のどこかがぱきんと音を立てた。それをきっかけにして、私は布団から起き上がった。そっと寝床から踏み出して、窓辺の障子に手を掛ける。

初めて見る真夜中の世界は、真っ暗じゃなくて少し驚いた。道沿いにぽつぽつと、くすんだ街灯が並んでいて、その間の空間は青みがかった深緑だったり、また、カラスの羽根より濃い黒をしていたりした。窓ガラスにおでこを近づけると、ひんやりとした外の空気が伝わってくる。街灯から発せられている、じいいいい、というかすかな音さえ聞こえた。

電気の消えた塔子ちゃんの家の白い壁が、少しひかるように浮かんでいたから、その隣の竹やぶの闇は、よけいに深く見えた。闇のいちばん底、不自然な色のビニール袋に包まれて、女の子が呼んでいる、気がする。

——出してあげなくちゃ。

そう決めて小さく息を吐いたら、鼻先の窓ガラスが一瞬白くもった。

次の日の六時前、私は、こっそりと家の勝手口を出た。ほとんど眠らなかったせいで、両腕両足が硬く、なんだか自分の持ち物じゃない気がした。霧が溶け込んだみたいな秋の朝の空気を、ぎこちなく掻き分けて私は歩いた。

竹やぶの下、笹の葉の向こうに見えるゴミ袋は、昨日より少し形が崩れて、中身がごとっと下に寄っているように見えた。私は竹やぶに入る前に、深呼吸して伸びる竹を見上げた。いつも何かしら音を立てている竹やぶが、身じろぎもしないで空をふさいでいる。思い切って一歩踏み出した。昨日の雨のせいか、思ったより湿った竹の葉が、靴の裏にへばりついてくるのがわかる。それでもざくざく足をすすめた。硬い笹の葉で、ちょっとすねを切った気がしたけれど、なんにも考えないようにして、ただ水色の袋だけ見て前に進んだ。

袋は、表面のところどころに水の溜《た》まったくぼみを作りながら、どっしりと土の上に置かれていた。口は、こぶむすびふたつで閉じられている。私はツメの先をひっかけてそれをほどこうと頑張った。やっとビニールがほどけた後で、開いた袋のすきまから、ひゅっと冷たい空気が立ちのぼった気がしたけれど、強く目をつぶって水色の口を開いた。

頬の内側に、鉄の味がした。血のにおいだとわかって、後ずさりしたくなった。でも、ここまで来て戻るわけにもいかない。このまま女の子を暗い竹やぶの底に置き去りになんかできない。そう思ったから、そっと目を開けた。

袋の中に入っていたのは、女の子ではなかった。十本くらいずつまとめてひもで結ばれた、注射器の束だった。本当に本当の、フホートーキだった。

一気に、昨日の夜の重みが背中から飛んでいくのを感じて、私は土の上に座り込んでしまった。気配で、道のほうに強く朝陽が差してくるのがわかった。

隣町の女の子は、別の町の道端に置き去りにされているのを見つけられたと、朝のニュースが報じていた。「変わり果てた姿が……」ではなく、「無事保護されました」

だった。

　私は、登校班が迎えに来るよりひと足早く、塔子ちゃんの家のチャイムを鳴らした。そうして、まだ朝もやの残る竹やぶの中で、頭を並べて袋をのぞき込んだ。

　塔子ちゃんは、底のほうまで見ようとしているみたいに、しばらく注射器の詰まった袋の中を見つめていたけれど、ふいに頭を上げた。それから私の目を見て、「良かった」とつぶやいた。

「全然眠れなかったの、昨日」

　注射器の袋からは相変わらず鉄のにおいがしていたけれど、もうなんともなかった。陽であたたまって、稲の葉の乾いたにおいを乗せた空気がそこらに漂い、つんとくる味を薄めているような気もした。

「何で夜はあんなに怖いんだろうね」

　スカートから出た白い膝に手を置いて、塔子ちゃんが言った。私は「何でだろう」と、答えにならない答えを返す。

「おーい塔子お、何やってんだよお」

　背中のほうから声がした。塔子ちゃんと一緒に振り返ったら、アスファルトの道の上で、黄色いカバーのランドセルを背負った篤史くんが大きく手を振っていた。和也くんや、他の学年の子たちも居る。もう登校の時間だった。

暗がりから急に外を向いたから、みんなの居るところはひどくまぶしく見えた。顔をしかめたら、隣で塔子ちゃんが、手のひらで日よけを作るようにして道のほうを見ていた。

「篤史、あたしんち行ってちょっとランドセル取ってきてくれなあい？」

塔子ちゃんが叫ぶ。何で俺が、と言いながらも来た道を戻り始めた篤史くんの後ろに、小さな黒い点がぽつりぽつりと見える。目が慣れてくると、それがトンボだとわかった。まだ薄い色の空の中を、なんにも知らない顔をしたトンボが、すいすいと滑り始めていた。

ヒナを落とす

一年生二年生と担任だったあきら先生のことは、よく憶えていない。体育の先生で、子どもごころにも、まっすぐ過ぎる人のように感じられた。私たちのような幼い子どもは、大人のために良い顔をしたり、友達の陰口を叩いたりしないのだと信じているフシがあった。

そのあきら先生が、私たちの学校を離れる時に残した言葉が、これだ。

「人というのは、みんな良いところも悪いところもあって、同じように大事なんだ」

先生は、教室の机の間を歩き回りながら、クラスメイト総勢三十六人のひとりひとりに、「良いところ」を言ってまわった。

私はそれを、目だけで追いながらじっと見ていた。緊張して肩が動かなかった。

自分が何を言われるか心配していた、のではない。前の席に座ったシノくんのことを心配していたのだ。

――あきら先生はシノくんの「良いところ」を見つけられるんだろうか。

ちらとシノくんの背中に目を戻す。彼の着たトレーナーは、肩も腕も裾も、どこを見ても小さな毛玉が枯れたカスミソウの花のようにぽろぽろくっついていた。そのトレーナーから、にゅうと突き出した首のようすは、まるっきり、『ウサギとカメ』のさし絵のカメ。脂味《あぶらみ》をおびてテカテカと輝く髪の毛が、襟足《えりあし》だけへんに伸びて首にかかっていた。

視線をもう少し下に移す。机からはみだした教科書とノート、その奥には得体の知れない影のかたまりがある。無理に押し込んだプリントかもしれないし、もしかしたらもっと良くない何かナマモノかもしれない。机の下では、シノくんの両手が、律儀《りちぎ》に膝の上にのせられていた。それが一番痛々しかった。

先生の、大きな身体が近付いてくるのがわかる。私は一生懸命、シノくんの「良いところ」を考えている。心臓がばくばくいっている。どうしよう、何も思い浮かばない。

先生はもう、二つ前の茜ちゃんの席まで来ている。「茜はかわいい、笑った顔が特にかわいい」と告げる満足気な声が聞こえた。

――だめだ、シノくんに「良いところ」なんかひとつもない。

私は彼の背中から目を逸らす。と同時に、あきら先生の便所サンダルみたいなはきものがパンと床を踏んだ。

「篠目《しののめ》は……」

間があった。みんなの目が、シノくんに集まっているのがわかった。

「篠目は、やさしい」

先生の声が、妙にきっぱりとそう言い切った。

私は思わず顔を上げる。すると、ちょうどこちらを見た先生と目が合ってしまった。

先生は昔の青春映画のスターのように微笑んで言った。

「センリもな。センリも、やさしい」

私は呆然《ぼうぜん》と先生の顔を見つめ返した。先生は私の横を大またに通り過ぎ、後ろの席の男の子に何か言っていた。私の絶望に気付く様子もなく。

シノくんは、典型的な「机の中に給食の残りのパンを押し込んでいるタイプ」の男子で、教室の壁に貼《は》った「忘れ物シール」の数は断トツ一位、百メートル走では断トツのビリ、繰り下がりの引き算ができないどころか、繰り上がりの足し算がもう、できない。頬は不健康にこけてエラが張り、そのぶんの脂肪がまぶたにたまったみたいにぼってりとした目をしている。そうして、人の顔をキョロキョロとうかがう癖があった。

いじめられるに決まっていた。男子には通りすがりに蹴《け》られ、「やめろよう」と高いくせにくぐもった声で叫ぶ。そうすると誰かが「やぁめぇるぉよう」と口真似をして、またキャッキャと騒がれる。一部の女子からは「シノ菌《きん》」と呼ばれ、近付くと「えんがちょ」の嵐。シノくんを貶《おとし》めると、たいていの子は愉快《ゆかい》そうな顔になった。

彼は玩具《おもちゃ》なのだった。いつからか、なんてわからない。保育園からずっと固定されたクラスの中で、シノくんの役割も固定だった。小さな学校だから、学年が上がっても、担任の先生が替わるだけで、教室の顔ぶれは変わらない。中学に上がるまで、シノくんはみんなの玩具であり続けるしかないはずだった。

私は、そういう「玩具のシノくん」を見るたびにむずむずした。同じ町内の子で、すごく小さい頃一緒に遊んでいた記憶があって同情が湧《わ》くから、というわけではなかった。彼を可哀想だと思ったおぼえはない。シノくんの味方にも、みんなの仲間にもなれない自分が嫌だったんだと思う。

私は本当にどっちつかずだった。シノくんがいじめられているのを見ると、「良くないなあ」と思うけれど、思うだけで何もしない。で、そういう行為を完全に無視できるかといえばそうでもなく、どこかシノくんに感情移入してひやりとし、頼むからやめて欲しいとも思ってしまうのだ。特にあの、悲痛な高い声を聞くと、頬の辺りが張ってヒリヒリする気がした。

けれどもそれは、あきら先生にあんなことを言われる前までの話。

「センリもな。センリも、やさしい」

先生が悪意なくそう言ったのが余計におぞましかった。私はそれを、とうていほめ言葉には取れなかったのだ。

——私が、シノくんと同じ？

冗談じゃない。だいたい、先生がシノくんに「やさしい」と言った、そこからしてどうかと思った。他の子は、「かわいい」とか「言うことがするどい」とか、誰の目にもわかる長所をほめられているのに、シノくんに言った「やさしい」は、そうじゃない。

きっと、シノくんには何もないから「やさしい」なんて曖昧なことを言うしかなかったのだ。そうとしか考えられない。

でもそうすると、私が言われた「やさしい」も同じで、きっと先生は私の良いところなんて思いつかなかったのだろうということになる。

先生の話が終わるまで、私はシノくんの背中を見ないように、じっと机の上に目を落としていた。動悸《どうき》はやまず続いていた。

——私はやさしくなんかない。

陽が照っているのに、手を置いた机の上はじっとりと湿っていた。私の手のほうが湿っているのかもしれなかった。

その年の春は早かった。離任式が終わった帰り道は、芽吹きのにおいがしていた。私はいつも通り、茜ちゃんと塔子ちゃんと、田んぼの真ん中を突っ切る直線道路を歩いていた。茜ちゃんは心なしか上機嫌で、アスファルトの届いていない道の端に、ふきのとうの芽やつくしの頭を見つけてはしゃがんでいた。塔子ちゃんも、「うちのおじいちゃん、これ天ぷらにして食べるの好きなんだ」と言ってふきのとうを摘《つ》み出した。私はそれに付き合う気が起きず、手持ちぶさたに突っ立っていた。

ゆるやかに風が吹いている。海からの冷たい風じゃない、南風だ。

見渡す限り、景色は土色だった。雪が融けてあらわになった山肌には、まだ緑の色がない。でも、塔子ちゃんが膝の上にごろごろのせたふきのとうから、苦い草のにおいが香っている。茜ちゃんの白い指についた土も、湿ってやわらかそうだった。

ふたりがあまりに黙々と草いじりをしているので、私は「次の担任、誰だと思う？」と話を振ってみた。

「あたし、体育の先生はもうやだなあ」

塔子ちゃんが振り返って言った。「罰としてグラウンド五周！　とか言わない先生がいい」と付け加える。

茜ちゃんも、地面に目を落としたまま「さんせー」と言う。

「あと、話の長くない先生がいい」

塔子ちゃんがさらにぼやくと、茜ちゃんは手元のつくしをキュッと摘み取って、こちらに首を向けた。

「あきら先生、長かったよね。シノくんが男子に意地悪されるたびに一時間とって話したりさあ」

「あったあった」

「あたし次の担任はぁ、六年の丸木《まるき》先生がいい。面白いもん」

「私は保健の神崎《かんざき》先生がいいな！」

「それはないでしょ」

勝手な担任談議が盛り上がりかけたところで、小さな影が学校のほうから歩いてくるのが目に入った。道がまっすぐなので、かなり遠くても目立つ。その、私たちと同じくらいの背恰好をした影は、背を丸めて首を突き出しながら、ひょこひょこと歩いていた。

——あれは、そうだ、間違いない。

「茜ちゃん、塔子ちゃん」

私はふたりに囁いて（声をひそめる必要なんて全くないのだけれど）、道をやってくる子どもの影を指した。茜ちゃんは、影の正体に気が付くと、派手に手を叩いて土を払った。立ち上がり、彼方を見やって含み笑いをする。大きな目の焦点が、あの影に合わせられているのがパッと見にわかった。

そうしている間にも、影は徐々《じょじょ》にはっきりしてきて、もう表情まで読み取れるようになっていた。生まれつき、と思われるほど染み付いた上目遣いで、ちらちらと私たちのほうをうかがいながら、でも時々あからさまに反対のほうへ顔を逸らしたりしている。シノくんだ。

シノくんは、私の集落の端に住んでいる。一応同じ「町内子ども会」ではあるけれど、端と端だから家は遠い。私の家からだと、違う町内の塔子ちゃんちのほうがずっと近かった。とはいえ学校から見ると方向が一緒だから、一年生の最初の最初、集団下校しなければいけない時には一緒に帰った。でも、自由に帰るようになってからは、シノくんはひとりだ。他に、途中まで同じ方向の男子が四人ばかり居るはずなのに、どうも見放されているみたいだった。私たちが見放しているのは勿論のこと。

「さーあ、もう帰らないと！　誰かさんに追いつかれちゃうなーっと！」

茜ちゃんが声を張り上げる。すぐ傍の山に反響しかねないほど大きな声だった。シノくんの細い身体が身じろぎしたのが見えた。

きゃらきゃらと高い笑い声を上げながら、茜ちゃんが走り出す。

塔子ちゃんが小さくため息をついて立ち上がった。日頃から、茜ちゃんをちょっと「やり過ぎ」だと思っているのがわかる。だからこういう時、私と塔子ちゃんはちょっと目を見合わせたりするのだけれど。

けれど、その日の私は、茜ちゃんの背を追って走り始めていた。

振り返るとシノくんが、前のめりに二、三歩駆けて、「なんだよお」と言ったところだった。その声は、鼻にかかりながらも甲高《かんだか》く、へんに耳につく。耳のずっと奥のほう、脳みその底の辺りに入り込んで残ってしまうような気がした。

新学期初日は、四月を絵に描いたようなぽかぽかの天気だった。朝から暖かく、私は、新しい登校班の中でゆっくり歩いていた。一年生はもう二日しないと入ってこないけれど、私のすぐ前を歩いていたシンジ兄さんが居ない。いつもシールがべたべた貼られた黒いランドセルを見ながら歩いていたので、新しい班長・容子《ようこ》さんの、つるんとした赤いランドセルがまだ目に馴染《なじ》まない感じがする。

容子さんに何か話しかけてみようか、でも話題を何にしたらいいだろうかと考えながら歩いていると、まだシャッターの下りた商店街の端、小さな駐車場に、ランドセル姿の子たちが溜まっているのが見えた。真ん中にシノくんがしゃがんでいる。大きい子から小さい子までいるので、登校班だとわかった。

「どうしたの？」

関わりたくなかったのに、容子さんが声をかけた。向こうの六年生が振り返って言う。

「鳥のヒナが落ちてて……」

マジで、と言って走り出したのは、私の後ろにいた五年生の男子ふたり組だった。ついていこうとしたら、容子さんに止められた。

「見ないほうがいいよ、多分」

何で、と言おうとした時、向こうの輪に入っていった五年生たちから声が上がった。

「気持ちわるっ!」

「助からないでしょ、これは」

しゃがみ込んだシノくんがヒナを持っているらしく、ふたりはシノくんの手の中をのぞき込んでいた。

ふいにシノくんが立ち上がる。硬そうな指が、そーっとものを包み込むかたちになっていた。

「え、どうすんの?」

五年生の片方が声をかけた。シノくんは手の中にまっすぐ視線を注いだまま答える。

「連れてく」

やめなよ、すぐ死ぬよ、という声が上級生から次々に上がったけれども、シノくんは黙って駐車場から出て、通学路を歩き始めた。私たちはその後についていくかたちになってしまう。

校門をくぐる間際に、容子さんが振り返って言った。

「知ってる?　春先に落ちてるヒナってまだ毛が生えてないからすっごい気持ち悪いんだよ」

突然の言葉に私がきょとんとしていると、彼女はもうひと言付け加えた。

「それに、落ちてるヒナはもうだめなんだよ。生きてくだけの力がないってことだもん」

私は下駄箱の辺りをうろうろして、時間をつぶしてから教室に入った。勿論、シノくんと一緒に登校したと思われたくないからだ。

教室に入ると、やっぱり一箇所に人だかりができていた。まだ壁に貼りものがなく、棚という棚ががらんとした教室で、その人だかりだけが妙にごちゃごちゃして見えた。窓際の角で、みんなが押し合いへし合い騒いでいる。真ん中にいるシノくんの、モスグリーンのトレーナーが時々見え隠れしていた。

「可哀想」

「怪我してるの？」

「牛乳とかなら飲むかな？　職員室からもらってこようか？」

シノくんを取り囲んでいる子たちは、誰もさっきの五年生のように「気持ち悪い」などとは言っていなかった。ひょっとしたら、それほど気持ち悪いものでもないんじゃないかと思う。私は鳥のヒナというものを知らなかった。せいぜいヒヨコのようなものしか想像できない。

しかし別に動物が好きな性質《たち》でもないから、無視して席についた。他にも、シノくんの周りにたかっていない子はぽつぽつ居た。間もなく、二つ前の席に茜ちゃんがやってきてランドセルを下ろした。

「何あれ。何で騒いでるの」

窓際の騒ぎをうかがってから、茜ちゃんがこっちを振り返った。私は机の中に新しい教科書を入れながら答える。

「シノくんが、学校に来る途中に鳥のヒナ拾ったんだって」

茜ちゃんは意外にも「へええ」と興味のありそうな返事をよこした。

「鳥のヒナってかわいいのかな？」

「六年生の人は、気持ち悪いって言ってたけど」

私が答えたところで、人だかりとは反対のほうから、また別のざわめきが起こった。

「はーい、ちょっと早いけどみんな席について」

顔を上げると、丸木先生が教室に入ってきたところだった。丸木先生は六年の担任だった先生で、タコみたいな顔をしたおじさんだ。その顔で工藤静香のモノマネ（微《び》妙《みょう》に似ている）をしたりするので、みんなから人気がある。

「えっ、丸木先生が担任？」

「さあどうでしょう」

教卓の前の子たちが先生に話しかけている間に、窓際の人だかりはぱっと散っていた。私と茜ちゃんの間の席にも、シノくんがやってきていそいそと椅子《いす》を引く。シノくんは席につく前に、手の中のものをぽとりと机の上に置いた。それは、シノくんの席をはさんで向かい合っていた私と茜ちゃんの目にあられもなく飛び込んできた。

「ひっ」

私が息を呑むのと、茜ちゃんが悲鳴を上げるのが重なった。先生をはじめ、教室中の視線が集まるのがわかった。

「ちょっと！　そんなものそこに置かないでよ、気持ち悪い！」

ぎゅっと目をつぶったまま、茜ちゃんがまくしたてた。机の上に置かれたヒナは、どこに傷があるわけでも血が流れているわけでもなかったけれど、とても直視できなかった。班長が言った通り、ヒナには毛が生えていない。血管が透けて紅色がかった皮膚《ひふ》がむき出しになっている。そうして、閉じたまぶたが、大きな目玉のかたちに沿ってグロテスクにふくらんでいたのだ。茜ちゃんが叫んだ言葉は、私の感想とぴったり重なっていた。

しかし、我に返ると、茜ちゃんに集まっているみんなの視線がひどく冷たいのと、丸木先生がこちらに歩いてきているのに気付いた。

——あ、怒られる。

そう思ったけれど、丸木先生は茜ちゃんの横を通り過ぎた。シノくんの机の上を見やり、その後で席についたシノくんの顔をじっと見た。

「篠目、昌之《まさゆき》くん」

胸の名札を読んだのだろう、丸木先生はシノくんの名前を呼んだ。

「来る途中に拾ったのかい」

先生に訊かれると、シノくんはやけに優等生ぶった口調で「はい」と答えた。

先生は二、三度うなずき、その後で今度は、茜ちゃんの顔をのぞき込んだ。

「向坂《さきさか》、茜さん。鳥が嫌いなの？」

教卓のほうに向き直った茜ちゃんは、黙ってうつむいていた。返事はなかった。

「……どっちみち、生き物を『そんなもの』とか言っちゃあならん」

先生は怒り出す気配がない。鷹揚《おうよう》な口調でそう言っただけだった。

始業のチャイムが鳴る。誰かが「先生、シノくんが拾ってきたヒナ、教室で飼ってもいいですか」と言い出し、その意見は教室全体の総意のようにされてしまった。先生もそれを許可した。

ヒナの名前を決めている間、シノくんの背中はいつものように丸まっているにもかかわらず、嬉しそうに見えた。さっきの「はい」の言い方とあいまって、ひどく癇《かん》にさわった。


ヒナは「チョースケ」と名付けられ、一時間後には、教室の前の棚に置かれた即席の巣の中で眠っていた。先生が持っていた百円均一のプラスチックカゴに、ティッシュを敷き詰めて作った巣だった。

始業式が終わると、掃除だけして下校することになっていた。私たちの列は、しょっぱなから教室掃除の当番に当たってしまった。

シノくんは、ぞうきんがけをする間、ちょこちょこと巣の中をのぞいては「チョースケー」と呼びかける。その後ろ姿を見るたび、私は苛々《いらいら》した。

「シノくん、掃除さぼらないで」

ホウキを動かす手を止めて私が言うと、シノくんはまた床の上をずるずると拭《ふ》き始めた。けれども、しょっちゅう足を止めては巣のほうを見て笑った。シノくんがニタリと笑うと、リスのような前歯が飛び出て、それがまた気にさわる。

飽きるほど一緒にいるクラスメイトのはずなのに、その日はシノくんのやることなすこと、見た目も喋り方も、一から十までが気に食わないのだった。シノくんを蹴って笑う男子たちの気持ちがよくわかった。が、今日シノくんを蹴った人はひとりも居なかった。罵声《ばせい》ひとつ飛ばない。

——ヒナのせいだ。

あの薄気味悪い姿を思い出すだけでぞっとする。ティッシュに埋もれて、カゴを上からのぞかないと見えなくなっているのが幸いだった。遠くからにらむぶんには、丸裸の肌は見えない。

だいたいあれをみんながかわいがっていることがおかしかった。普段はさんざん弱いものいじめをしているくせに、人間でない「弱いもの」には同情するなんて、どういう話なのかまるでわからない。その理不尽《りふじん》さにまた苛々する。

茜ちゃんを見ると、黙々と机を運んでいた。いつもはお喋りしながらでないと掃除できないみたいに騒いでいるのに、今日は全く口を開く気配がない。

掃除は心なしか早く終わった。ゴミを掃いて集めている間、シノくんはぞうきんを持ったまませわしなく貧乏ゆすりをしていた。横目で巣のほうをうかがっているのがわかった。

私は、ちりとりをもってかがんだ茜ちゃんに、大きな声で話しかけた。

「ねえ茜ちゃん。どういうヒナが巣から落ちるか知ってる?」

茜ちゃんは、私の意図をはかりかねたように「さあ……」と首を傾げた。

「生きてても飛べるようにならないような、弱いヒナが落ちるんだって」

床の上のゴミを注意深くちりとりに入れながら、私は言った。「飛べるようにならないような」というのは、勝手につけた脚色だった。

反応するかと思ったのに、横に突っ立ったシノくんからは何の言葉も飛んでこない。茜ちゃんが「ふうん」と生返事をしただけだった。シノくんのところまで聞こえなかったかな、と顔を上げると、例の卑屈《ひくつ》な上目遣いがそこにあった。

けれどもいつもと違ったのは、シノくんの瞳が、暗い穴のように見えたことだった。あのヒナの目が開いたらこういう感じじゃないかという、奇妙な生々しさがあって、寒気が背中をずるりとすべった。

ヒナは何も食べなかったし、飲まなかった。だから翌日には死んでいた。

新一年生の入学式が終わった後で、私たちのクラスは全員でぞろぞろと学校の東側にある土手へ歩いていった。ヒナを埋めるためだった。

山から下りてくる小川には、春の陽が照ってしゃらしゃらと散っていた。土手には一面すみれの小さい花が咲き、その間を埋めるようにつくしとスギナが伸びていた。暖かな風景の中で、「沈痛な面持ち」をした小学生の一団は多分異様だったと思う。先頭に丸木先生を、真ん中にシノくんを置いた葬列は、無言で進んだ。私は茜ちゃんと塔子ちゃんと一緒に、列の最後尾を歩いていた。

小さな石の橋の下まで行き着くと、先生が「この辺にしようか」と言って立ち止まった。スコップを持った五人くらいの子が穴を掘り、その周りをぐるりとみんなが取り囲む。だいたい穴が掘れると、シノくんが進み出て穴の中に両手を下ろした。リフトのように垂直に、ゆっくりと。

——あのヒナは、一体何のために生まれたっていうんだろう。

問いたかった。隣に立ってうつむいている茜ちゃんに、穴の中を見つめたまま背中を凍らせているシノくんに、それを後ろから見守る丸木先生に、今ハナをすすった誰かに。

けれども勿論、そんなことは口にできない。続く沈黙にうんざりして空を見上げたら、すずめの群れがちょうど私たちの真上を横切っていった。

きっとあれは、きょうだいを巣から落として生き残ったすずめなのだ、と私は思った。

次の週には、シノくんはみんなの玩具に戻っていた。ヒナの一件など最初からなかったかのように。

茜ちゃんもすっかり元気になって「あたし、この席もうヤだな。後ろの空気がにごってる感じするもん」とか言い出した。シノくんもシノくんで、いっとき人の輪の中心に居たことなど自分でも忘れてしまったみたいに、また情けない声を出しながらみんなに蹴られていた。

丸木先生は席替えを許可した。私は一番前の席になって、もうあの毛玉だらけのトレーナーを見なくて済むようになった。前の棚には、鳥の巣だったプラスチックケースが相変わらず置かれていたけれど、中身は先生のセロテープや磁石などに替わっていた。ヒナを包んでいたティッシュは、あとかたもなく消えていた。

からりと晴れた日が続き、ある土曜の晩、消防車のサイレンが聞こえてきた。

この小さな町で、火事が出ることは年に一度もなかったから、みんなが外に出て煙の立つほうを見ていた。私も家族で家の前に立って、砂利道の向こう、山に近いほうに目を凝らした。夜空にもうもうと黒い煙が立ちのぼり、火の粉が頭の上を飛んでいった。

「篠目さんちだってよお」

向かいの家のおじいちゃんが、煙のほうから走ってきて叫んだ。お母さんはものすごく慌てて、私に「きっと大丈夫よ」とかあれこれ言ったけれども、私はシノくんを心配してはいなかった。火の粉が踊り流れていくのを眺め、サイレンのうなる音が耳の奥を打っていくのをただ感じていた。

——あきら先生の嘘つき。

「みんなが同じように大事」って、誰にとって大事なんだろうか。誰に、とかじゃなく、漠然と大事だと言うならば、一体どうしてシノくんだけがこういう扱いを受けるのだろうか。みんなに貶められて、私にまで意地悪を言われて、家は燃えて。

春の夜にしては暑過ぎる空気が、身体全体にぬめっと触って通り過ぎていった。道端に連なった家々の影、その一番奥で炎が上がっている。ここから見ると、先っぽしか見えないような火だったけれど、多分、すぐ傍に立っているはずのシノくんにとっては、ゴウゴウと音を立ててうなる怪物のような炎なのだろう。

今この瞬間に家を焼かれつつあるシノくんの気持ちを想像しようとしてみた。でも途中でやめてしまった。私は本当に疲れてきていた。

だからうっかりと、これでシノくんに会わなくてよくなればいい、と思ってしまったのだった。

シノくんちの人は、シノくんを含め全員が無事だった。けれども家は全焼して、一家で隣町のアパートに引っ越すことになった(町の中には集合住宅というものがなかったのだ)。

月曜日から、シノくんが学校に来ることはなかった。転校が決まった、と先生の口から告げられただけだった。みんな、ヒナが死んだ時のように無口になったりはしなかった。シノくんの転校を聞いた次の休み時間も、いつもと変わることなく過ぎた。

私は茜ちゃんたちとゴム跳びをした。

体育館の隅、非常口のドアの傍に陣取る。ドアのかたちに陽だまりのできるそこが、私たちのお気に入りの場所だった。

茜ちゃんが跳ぶ。私はそれを、陽だまりにぺたんと座って見ている。ゴムをつま先に引っかけてひらり、かかとに引っかけてひらり。茜ちゃんが跳ぶたびに、長い髪が春の陽を映しながらするすると舞った。

ふと、鳥のさえずりが聞こえた気がして振り返る。でも、非常口から見える校庭では、サッカーをしている高学年のお兄さんたちがもうもうと砂ぼこりを立てているだけだった。

——空耳？

「つーぎっ、センちゃんだよお」

「あ、うん」

塔子ちゃんに呼ばれて振り返ったら、体育館の中が薄暗く見えた。陽の差す校庭を見ていたからだろう。

はやく、と急《せ》かされて目が慣れないうちに跳んだら、つま先に違和感があった。次の瞬間、ビタン、という音がして自分で驚いた。

前のめりにコケて床に鼻からつっ込んだのだ。あげく、多分後ろからはパンツが丸見えだった。

「センちゃん、だっさー」

茜ちゃんが高らかに笑い声を上げる。それに引きずられるように、みんなちょっと視線を交わし合ってから苦笑した。

私は打った膝を抱えながら、みんなに笑顔を返してやった。気持ち悪く前歯がのぞいたりしないように注意しながら。

——私はやさしくなんかない。

いつだって逃げ出したかった。シノくんのいたたまれないような不恰好さ、それをはやし立てるみんなの声、そうして、ひっそりとその嘲笑《ちょうしょう》におびえてしまう自分の弱さ。全部から、私は逃げ出したかったのだ。

シノくんがいなくなって、多分、その類のものは私に襲いかからなくなるはずだった。だから本当にホッとしたのだ。

——早く全部が私の記憶から消えますように。

作り笑顔の下で、祈った。シノくんにまつわるさまざまのこと、全てを思い出さなくなった時、私は飛べるほうのヒナになっているはずだ。

けれども祈れば祈るほどに、一瞬で目に焼きついた裸のヒナの姿が、まぶたの裏に浮かんでしまう。

ヒナは開かなかったはずの目をゆっくりと開く。それはあのシノくんの目、真っ暗な黒い穴なのだ。

五月の虫歯

校医さんだという死にそうなラクダのようなおじいさんが、私の歯を見て開口一番「こりゃだめだ」と言ったから、私は例によって絶望した。毎年五月、恒例《こうれい》の絶望——歯科検診だ。

冷たい銀色の棒が口の中に突っ込まれる。おじいさんが上の歯から順に口の中を点検していき、「C1、C2、C2……やっぱりC3で」とかなんとかつぶやく。銀色の棒は歯にぶつかるたびカチカチと硬質な音を立てた。昔は暗号か呪文《じゅもん》みたいにしか聞こえなかったそのつぶやきも、四年生ともなればさすがに意味がわかる。「C」は虫歯ということで、そのあとにつく1から4までの数字は虫歯の度合い。「インレー」というのはどうも、虫歯を治した歯のことを言っているらしい。おじいさんが灰色のあごひげを撫でながら「んー……C4」とつぶやいたので、私は絶望のさらに底に落っことされた。

「大原千里さん。あなたは絶対、歯医者さんに行くように」

最後に念押しまでしてくれたおじいさんに、「ありがとうございました」と言って回れ右をする。本当は全然ありがたくなんかない、と思って顔をしかめてやったら、ちょうど、もうひとつの列（こっちは若いお兄さんが検診してくれている）から、ともっぺが出てきたところだった。

「センリ、また虫歯大将？　俺今年もパーフェクトよーん」

お調子もののともっぺは、きっかけがあれば誰にでもからんでくる。仲良しというわけじゃないのに、遠慮《えんりょ》なく顔を寄せてくるのだ。今も私の横で上機嫌にえくぼをつくっている。

「『保健だより』のインタビューで何喋るか考えておかにゃー」

そう言ったともっぺの口から、時間が経ったカレーのようなにおいがした。明らかに歯をみがいていない。

「何であんたが虫歯ゼロなの？」

不公平をうったえようとしたけれど、ともっぺはすぐさま、「井口《いぐち》、虫歯何本よ？」と他の男子のほうへ駆け寄っていってしまった。私はうんざりしながら、いつもより消毒のにおいが強い保健室をあとにする。

明日にでも、検診の結果が配られるだろう。虫歯のない子はうす青い紙、虫歯のある子はうすいピンクの紙が渡される。それをお母さんに渡すことで、今年もまた歯医者通いが始まるのだ。

渡り廊下のリノリウムの上には、窓の外いっぱいにあふれる陽射しがてらてらと映り込んでいる。きれいなきれいな、五月。でも私にとっては毎年、試練の季節だ。

夕食の後片付けを終えたあとで、ランドセルから出したピンクの紙をお母さんに見せた。お母さんはエプロンを外しながら「はあはあ、まあまあ」と気の抜けた返事をよこしたあと、紙を受け取って大きくため息をついた。

「セン、寝る前にちゃんと歯、みがいてんの？」

私は「うん、ちゃんとみがいてる」となるべくきちんと聞こえるように返事をした。テレビを見たりマンガを読んだりの「ながら」歯みがきだとはバレないように。けれどもお母さんは「鏡見てみがいてないでしょ」とあっさり指摘した。

怒られるかな、と思ったのだけれど、お母さんはしばらく何か考えるように腕組みをしていた。そしてふと私と目を合わせると、いかにもな作り笑いをして話しかけてきた。

「セン、四年生だし、もうひとりで歯医者……」

「やだっ」

最後まで聞かずにさえぎった。私の頭の中にはもう、茶色いガラスでできた「崎山《さきやま》歯科」の扉が再現されている。ただでさえ怖い歯医者の入り口を、不透明なガラスでつくるなんて絶対におかしい。前歯と鼻の中間辺りにつんとくる歯医者特有のにおいが、重い扉からも不思議と漏《も》れて、気持ちをよけいに毛羽立たせる。いつもは先に立ったばあちゃんがドアを開けるので、仕方なく入るけれど、もし付き添いが居なかったら、私はあのドアを開けられない。暗くなるまで立ち尽くしている気がする。

それに、待合室だって嫌いだ。大人向けの週刊誌と、小さい子向けの童話の絵本しかない本棚、染みのついたソファ。なんだか冷たい感じのする、背の高い受付カウンターも気に入らない。もっと嫌なのは、同じ学校の仲良くない子と鉢合わせすることだった。何か喋ったほうがいいのかな、でもなんにも話すことないな、というあの間が嫌だ。私は同じ学校の子と目を合わせないように、いつもばあちゃんの陰に隠れていた。診療室からは絶えずキンキンと工具のうなりが聞こえていて、よけいに私の背筋をこわばらせた。

「ばあちゃんに連れてってもらう！」

私が主張すると、お母さんは再びため息をついた。

「でもばあちゃん、最近足痛いって言ってるでしょう。歯医者は遠いからねえ」

ぎくりとする。確かにそうだ。去年の歯医者の行き帰りだって、ばあちゃんは「ちょっと休もは」と言ってしょっちゅう腰を下ろしていた。八百屋の奥だったり、甘味屋の前のベンチだったり、商店街のいろんな場所を借りながら歩いて通ったのだった。

私が肩を落とすと、お母さんが私の顔をのぞき込んで言った。

「隣町の歯医者に行こうか？」

それは思ってもみない提案だった。「え？」と頭を上げると、お母さんが続けた。

「ほら、ニュータウンのほうに、新しい歯医者ができたでしょう。あそこ、休日診療してるって話だから、日曜日に車で連れてってあげる」

一年くらい前、隣町の外れにカラフルな壁の家がたくさん建った。その中に、「おおぎデンタルクリニック」という看板があった。国道から見えるその歯医者は、他の住宅と同じようにパステルカラーをしていて、形もかわいい三角屋根だった。隣には、小さな遊具のある公園までついている。

けれど、パステルカラーの建物なんて自分には全く関係ないものだと思っていた。私にとっては、家も学校も歯医者も、この町にある古びた建物でなければならないような、それがさだめであるような気がしていたからだ。

「ほんとに？」

歯医者の話なのに、私は思わず食いついていた。お母さんは、とにかく私が歯医者に行ってくれることに安心したのか、にこにこしながら「ほんとよお」と言った。

「じゃあ、もう、明後日にしようねえ」

「えっ」

それはさっそく過ぎる、と思ったのだけれど、お母さんはしっかりとピンクの紙の端をにぎって、台所の隅にエプロンを引っかけると階段をのぼっていってしまった。反抗の余地なし。

ひとり残された私は、口を閉じてから、舌で左の奥歯をモソモソとさぐった。「C4」と言われた左下なかほどの歯は、マンホールさながらの大げさな穴を空けている。

――パステルカラーの歯医者さんなら、魔法みたいに簡単にこの虫歯を治してくれるかも。

三角屋根の歯医者は、内装も女の子のおもちゃ箱みたいになっていた。待合室に入ると、ピンクとグレー、うすいグリーンのクッションを組み合わせたソファが二列並んでいるのが目を引いた。壁紙はクリーム色。よく見ると、白地にクリーム色の花模様が散らしてあるのだった。部屋の隅には木目のきれいな本棚があって、ページがよれた週刊誌なんかじゃなく、背表紙のしっかりした絵本やマンガが並んでいる。私は素直にそれらに見入った。

「すごい、きれい。日本じゃないみたいだね」

隣に座って初診表に記入をしているお母さんの袖《そで》を引いて言うと、「ははっ」と軽い笑いが返ってきた。多分、生まれ育った場所から動いたことのない私が「日本」なんて言ったのがおかしかったんだろう。

お母さんは初診表を受付に出すと、私の前に立って、目線の高さを合わせるように腰をかがめた。一瞬、嫌な予感に襲われる。

「じゃ、お母さんはお父さんと買い物に行ってくるから」

「えっ」

やだー、と私が抗議するのを、お母さんはごく軽く受け流した。

「セン、もう四年生でしょ。周りのみんな見てみな？　センよりちっちゃい子、いっぱい居るじゃない」

そう言って、私の手に無理やり二千円をにぎらせる。確かに、待合室に居る四、五人の子どもたちはほとんどひとりでおとなしく座っていた。お父さんらしき人と一緒に絵本を読んでいる女の子がひとり居るけれど、あきらかに低学年の子だ。

「大丈夫だって。終わったら横の公園で遊んでなさい」

お母さんはぽんぽんと私の頭を二回叩くと、さっさとドアを開けて出ていってしまった。私は完全に泣き出すタイミングを逃していた。

――ひどいひどい。結局置いてくんだ。

単純にきれいだったパステルカラーのソファが、急によそよそしく思えてくる。お尻の辺りが落ち着かなくて、足を組み替えてみた。診察室から出てきた子が、隣に腰を下ろして一瞬こちらを見た。当たり前のように見覚えのない顔をしているその子は、ついと自然に目を逸らした。デニムのミニスカートをはいて、パーカを羽織っているのがちゃんと様になっている。なんだか大人のミニチュアみたいだ、と思いながらも、自分がはいている「トレパン」としか呼びようのないネズミ色のズボンが恥ずかしくなって、私は顔を伏《ふ》せた。

――おとなしく町の歯医者に行ってればよかった。

そう思った時、ちょうど受付のお姉さんが私の名前を呼んでくれた。居心地の悪さから解放される。

けれど、ひと息ついて診療室のドアを開けたところで、かたまってしまった。目の前に、ごりごりのモミアゲがついた男の人が立っていたのだ。マスクと帽子のあいだに、やたら大きな目玉と、立派な眉毛がのぞいている。ゴム手ぶくろをはめた両腕をぶらんと下げたその人は、「院長先生」に間違いなかった。

「大原千里さんね。こんにちは」

私が診療台の上に座ると、モミアゲ先生も横の椅子に座った。マスクの下からくぐもって聞こえる声は、はっきりした話し方であるにもかかわらず、冬眠から無理やり起こされた不機嫌なクマを連想させた。こんにちは、と返したけれど、か細い声しか出なかった。

先生は私のカルテ（学校で渡されたピンクの紙がクリップで留めてある）を見ながら「はーはーはー」とひとりで納得すると、大きな目をぐるりとこちらに向けた。

「ひとつ、でっかい虫歯があるでしょ。でっかい虫歯」

私が口を開いて見せると、「これこれ」と銀の棒で先生が歯を叩いた。左下の穴ぼこの開いた歯を、かつかつと叩きながら流すように言う。

「これ今日抜いちゃおう」

「えっ」

まさか初日にそんなことをされるとは思っていなかった。「崎山歯科」では、一回目の診療は検査をし直してレントゲンを撮るだけで終わる。けれどもモミアゲ先生は有無を言わさぬ調子ですするすると喋り出した。

「大原さん、隣町の人だから日曜日しか来られないんでしょ。来週まで待ってたらこれ痛み出すよ。今痛くないのもおかしいくらいだから。乳歯だし抜いちゃおう、ね」

全く愛嬌《あいきょう》のない「ね」だった。もう絶対決定項、という感じである。

私は逆らうこともできず、まな板の上のコイ状態で診療台に硬直した。うぃんうぃんうぃん、と意外に古風な音を立てて背もたれが傾いていく。横に立った白衣のお姉さんが手を伸ばしてライトを動かすと、真っ白なひかりが私の眉間を貫いた。


十五分後、私は隣の公園のジャングルジムの上に座っていた。

鉄の味がする。でも、パステルカラーのおうちと同時にできたこの公園の遊具は、硬いプラスチックのようなものでできている現代風なのがほとんどで、ジャングルジムだって鉄のにおいがしない。におうのは自分の口の中の血だ。

先生は抜いた歯の跡にガーゼを詰めて、しばらくこれを噛《か》んでいるようにと言った。奥歯とも前歯とも言えないところでガーゼを噛んでいる自分の顔は、すごくおかしいものになっているに違いない。そうでなくとも、麻酔をしたところがじんじんして、不自然に膨《ふく》れている感じがするので、ひとに顔を見られたくない。せっかく公園に居るのに、すべり台にもぶらんこにも走っていけなかった。

後ろで、知らない女の子たちの甲高い声がしている。ちょっと振り返ったら、さっき待合室で会った、デニムスカートの子も遊んでいた。近所の子なのかもしれないし、逆に、私みたいに別の町から車で来て親の迎えを待っている子なのかもしれない。

ガーゼは嚙みすぎて、唾《つば》を含んだまま不自然な形にかたまっている。さっきから国道のほうを眺めているのに、うちの白いカローラはまだ来ない。

ふと、下のほうから人の気配がするのに気付いた。少し身体をねじってのぞくと、私と同い年くらいの女の子がひとり、ジャングルジムをのぼってきていた。鮮やかなオレンジ色でつくられた枠の中を、小さな熱帯魚のようにひょいひょいとくぐってくる。

彼女はあっという間にてっぺんに顔を出した。天然パーマらしい、ふわふわと膨らんだ短い髪が、風にひと吹きされて揺れた。正面から目が合ってしまって、私は思わず顔を逸らす。さっき、待合室で会った女の子が簡単に私を視界から追い出すところを思い出したのだった。けれども、その子の視線は私から外れなかった。

「あんたも歯医者？」

ジャングルジムの真ん中から声がした。私が顔を上げ直してうなずくと、女の子が「あたしもぉ」と言いながら棒を渡ってきた。あっという間に隣のマスに来て、私と並んで座っていた。

「痛いよねえ。歯医者なんていいことないわ、ほんと」

親しげに話しかけてくる。並んで座ると、彼女の腕が私に比べてずっと浅黒いことに気付いた。運動の好きな子なのかもしれない、と思う。少し色あせたセーラーカラーの半袖シャツに、紺のキュロットをはいているのもそれっぽい。

彼女は私の、ぎりぎり嚙みしめた歯を指して笑った。

「それ、もういいんじゃないの。さっきからずっと嚙んでるじゃん」

そうかな、と返事をしようとして、私は半端に口を開けてしまった。余計おかしい顔になったんだろう、色黒の女の子は歯を見せて笑った。一瞬だけど、黄色くて並びのがたがたな歯がのぞいた。間違いなく歯医者通いの歯だった。

ガーゼを取り除こうか、取ったところでどうしようか、なんてことに私がのろのろ迷っているあいだに、隣の女の子はぺちゃくちゃと喋り出した。

「嫌いなんだけどお、でも歯医者行かないと、歯がきれいにならないでしょ？　あたし、アイドル目指してるんだあ。げいのうじんははがいのち、って言うじゃん」

そこまで言うと、彼女は私が相づちを打てないでいるのに気付いて、半開きの口からガーゼをつまみ取った。

ぎょっとした。他人の唾を吸ったガーゼを素手でつかめるなんて。

彼女は、それをぺっと地面に叩き付けると、「あさめしまえよ」とでもいうみたいにニッと笑った。そしてまた続きを話し始めた。

「ウチのママ、外国から来た歌手なんだよ」

「えーっ!?」

ガーゼを嚙んだままではできなかったくらい口を開けて叫んでしまう。こんな田舎に、田んぼと海と山しかないようなところに、まさか外国の歌手の子どもが居るなんて。

でも、彼女の言うことを疑う気は起きなかった。ふちのくっきりした大きな瞳と、ふっかりした唇は、確かに見たことがない種類のものだったからだ。友達の家で見た、黒髪のバービーには似ているかもしれない。

彼女もすぐに、自分の論を補強するように、半袖の下の二の腕をちょいと前に出して言った。

「肌の色、違うでしょ。焼けたんじゃないの。もとからこういう色なの」

「へえ……」

私は、パステルカラーのソファを見た時のように、ちょっと浮き立った気分になりながら彼女の腕を見つめた。あんまりまじまじ見たからだろうか、「触ってもいいよ？」と言われてしまう。新しいラジコンを披露する男の子みたいな、自慢気な言い方だった。私は、感触が違うわけじゃあるまい、と思いながらも、お言葉に甘えて彼女の二の腕をもんでみた。「あはは」と無邪気な笑い声が返ってきた。

「あんた、面白いね」

女の子が言う。別に私なんて面白くもなんともないだろう、と思ったけど、彼女がよく笑うので私は少しいい気分になっていた。

「ドコ小？　名前何ていうの？」

「学校は山北。名前は、おおはらせんり」

訊かれて名乗ると、彼女は確かめるように「せんり？」と言った。あまり呼び捨てにされることがない私は、それだけでくすぐったくなった。彼女は私が訊き返すより先に、自分で自己紹介をした。

「あたし、平田東小の、きたのあざみ。『アザミ』ってカタカナで書くんだ」

「アザミ、ちゃん?」

私は、呼んだことのない名前を呼ぶ時に人はどきどきするんだということを初めて知った。クラスの子たちは保育園から一緒で、気付いたら横に居たから、自己紹介なんてしたことがない。「『アザミ』でいいよ」と彼女が言って、なおさらどきどきしてしまった。

アザミはそれからママの話を始めた。ママはフィリピンという国から来て、しばらくトーキョーに居た、トーキョーで出稼《でかせ》ぎをしていたパパと出会ってこの町にお嫁に来た、という話だった。私は外国のことのほうが知りたかったけれど、アザミが喋ったのは主にトーキョーのことだった。

「トーキョーってさ、すっごい楽しいところなんだって。ここよりもっと色があって、みんな親切にしてくれるんだって」

アザミの話すトーキョーは、私が思っているトーキョーとだいぶ違っていた。「『色がある』って?」と私が訊くと、アザミは周囲に首をめぐらせて、当然のことのように言った。

「ここ、色が少ないじゃん。冬なんてずっと灰色だし」

そんなことは考えたこともなかった。言われてみると、まだ水の入っていない田んぼは、掘り返したばかりの土でくろぐろとしている。周りを囲む山はといえば、ちょっとだけ若芽色がこびりついているぐらいで、やっぱり土と木の枝の色しかない。空もあいにく曇っていた。パステルカラーのニュータウンは、景色のどこにもしっくりきていない。トーキョーなら、この住宅街が浮かないような場所があるんだろうか。

私がぼんやりと田んぼを眺めていると、アザミはくるりと身体を返した。「ほっ」と小さく声を出すと、ジャングルジムの端を鉄棒のようにして膝をかける。そのまま外にひっくり返るように身体を反らし、二本の脚だけでぶらさがった。私はびっくりして、「わああ」と変な声を立ててしまう。

下をのぞき込むと、アザミの小さなへそと目が合った。シャツの裾がめくれて、お腹が出ている。

「あぶないよ、アザミ」

声をかけると、アザミは「平気平気」と言って、さかさまになったまま両手を打ってみせた。

「あー、はやくトーキョーに行きたーい」

アザミの叫びは、さかさまになっているせいか少しくぐもって聞こえた。私は身を乗り出してアザミの顔を見下ろしていたけれど、ふと視界の端に白い車を見つけて顔を上げた。

「ウチの車だ」

市街地に続く国道から、ニュータウンの細い道に入ってくる車が一台あった。23－17、「ニーサンイイナ」でおぼえたナンバーがついている。アザミがぶら下がったまま腕を伸ばして「あれ？」と指さした。私がうなずくと、アザミはその手をそのままこちらへ伸ばした。

「センリ、引っぱってー」

私は身を乗り出してアザミの手を引く。湿っているのにがさがさした、不思議な手だった。

また「ふっ」とお腹に力を入れて身体を起こしたアザミは、私の目を見て「来週も来る？」と訊いた。診察券の予約欄にはもう、来週日曜の日付が入っている。私は迷わず「うん」と答えた。

「虫歯いっぱいあるもん。毎年七月くらいまではかかるんだ」

私が言うと、アザミは浅黒いほっぺたをてらてらと光らせて微笑んだ。と同時に、白のカローラがクラクションで私を呼んだ。

「またね」

私はジャングルジムの枠をくぐって地面に下りた。アザミは上から手を振った。彼女の開いた手のひらは、なぜだか肌の他の部分より一段白くて目に残った。

路肩に停まった車のドアを開けると、白いビニールが目に飛び込んできた。後部座席を埋めるように、スーパーの袋が置かれている。助手席のお母さんが「ごめん、適当によせて」と言ったので、ねぎの飛び出た袋を押しのけて隅っこに座った。

お父さんが車をUターンさせると、サイドミラーにオレンジ色のジャングルジムが映った。アザミは鏡のなかで小さくなって、さっきと同じようにさかさまにぶらさがっている。

ずっと見ていたんだろう、「器用な子だね」とお母さんが言った。

「誰？　友達？」

「アザミ。平田東小だって」

そう答えた勢いで、私は余計な主張をしてしまう。

「アザミのママは外国の歌手なんだよ」

お母さんは「普通のママで悪かったわねえ」とバックミラーの中で顔をしかめたけれど、お父さんは呆《あき》れたようにぽかんと口を開けていた。嘘だと思ったのかもしれない。それを見て取ると、私はさらに興奮して、アザミのことを喋らずにはいられないような気がしてきた。

「トーキョーに居たんだって。アザミもトーキョーに行きたいんだって」「トーキョーってみんな親切なんだって」「フィリピンはあったかいんだって」……などなど、聞いたばかりの話を片っ端から口にする。でも、お父さんとお母さんの反応は極めて薄かった。ひと通り相づちを打ったあと、お母さんが無理やりまとめるように「まあ、歯医者通いが楽しくなりそうでいいよね」と言ったので、私はちょっと失望した。

窓の外には、黒い土の色がずっと流れていた。確かにここは、色が少ない。

次の日の一時間目、黒板に先生がでかでかとした字で「図書室で読書」と書いた。

「先生ちょっと書類で忙しいから、一時間目の音楽はナシ！　ごめんな！」

先生が言うと、教室がいっきに沸《わ》いた。「やったっ」「先生ナイス！」と男子の声が上がる。

「こらー。遊べって言ってるんじゃないぞ。『読書』だぞ」

先生が教卓に身を乗り出したけれど、もはや誰も聞いていない。女の子たちも、あっという間に席を立って、くすくすと上機嫌に喉を鳴らしながら集団をつくっていく。

私は、「読書」なんだからかたまっても意味ないのになあ、などと考えながら一番最後に教室を出て、ゆっくりと歩いていった。

図書室は、休み時間の教室をそのまま移動したような状態になっていた。窓際に輪をつくって話している女の子グループあり、分厚い辞典で頭を叩き合っている男子あり。

――「音楽」のほうが良かったな。

アザミのママがうたう歌はどんなだろう、と思った。やっぱりフィリピンの歌なんだろうか。フィリピンの歌でも、学校にあるたくさんのレコードには混じっているかもしれない。

私はひとつひらめいた。棚のあいだに天井からぶらさがった、すすけたプラカードの中から「地理」を探す。予想通り、世界の国々に関する本がひと通りそろっていた。「フィリピン」を題にした本はないけれど、「北アメリカ」「アフリカ」など、地域別の見出しがついた地理の本がある。フィリピンがどこに属するのかわからないので、片っ端からページをめくっていった。

人気《ひとけ》のない棚の前にしゃがんでいると、「センちゃん、何調べてんの？」と声をかけられた。棚のあいだから、茜ちゃんと塔子ちゃんが顔を出している。

「ん、フィリピン」

と答えると、ふたりは「何ソレ〜」と笑いながら、紙芝居の一ページが引き抜かれる時のように、棚の陰に消えていった。ちょうど「東南アジア」にフィリピンがあるのを見つけたところだったので、私はその本を持って立ち上がった。

誰もいない貸し出しカウンターから、自分の図書カードを抜き出して、本のタイトルと日付を書き込む。ノートより大きなその本をわきに抱えて部屋を出たけれど、気付いた人はいなかった。話し声のかたまりが、背中のほうに遠ざかる。

一年生から三年生の教室が並んだ二階の廊下は、授業中だけあってしんとしていた。私はその隅の、渡り廊下のところまで本を抱えていって、出窓のところでページを開いた。アザミのことはクラスの誰にも言わないことに決めた。

その一週間はいつもより長かった気がした。日曜日が来ると、私はまたお父さんとお母さんに連れられて歯医者に行った。今度は問題ないだろうとばかりに玄関前で降ろされる。私も大人しくひとりで玄関の扉を開けた。白く塗られた扉は、思ったよりずっと軽い力で開いた。

待合室で待っていると、間もなく診療室から女の子が出てきた。先週見かけた、デニムスカートの女の子だった。今日は七分丈のジーンズをはいている。

彼女はスリッパをぺたぺた鳴らしながら私のほうに近付いてきて、隣に座った。またなんとなく目が合ってしまう。今度は先に目を逸らしてやろうと思ったら、妙にじっくりと顔をのぞき込まれた。

「ねえ、あんたこないだ、北野アザミと遊んでたでしょ」

唐突《とうとつ》な切り出しだった。隣の女の子は、こちらに軽く肩を傾けて、うすく笑いながら私の目を見ている。私はその時点で、なんか、あんまりいい話じゃないんだろうな、と思ったのだけれど、無視するわけにもいかないので「うん」と返事をした。

予想通り、その子はいきなり距離感を縮めて、とっておきの秘密を話すような声色で言った。

「あの子、超ウソつきなんだよ。ウチの学校では有名なの」

「……同じ学校なんだ？」

私が言葉を選んで返事をすると、彼女はちょっと首を傾げた感じにして「そうなの」と言った。いまにもスイカの種でマシンガンごっこを始めそうなぐあいに唇をとがらせている。多分「ママが外国の歌手」が槍玉《やりだま》に上がるんだろうな、と冷静に思ったのだけれど、話は意外なところから始まった。

「アザミ、歯医者に通ってるって言わなかった？」

「言ってたけど」

「あれがまずウソだもん。あいつ、歯医者に通ってなんかないよ」

ちょっと驚いた。この子の言うことのほうがウソかも、くらい思ったのだけれど、彼女はすぐさま「おおぎ先生にアザミのこと訊いてみなよ。絶対知らないから」と付け加えた。

「歯医者に通ってるって言って、ここに来る余所《よそ》の子を騙《だま》してるんだよ。あんたみたいな、日曜日しか来ない子をさ。なんにも知らない子ばっかし選んで、ママの話すんの。外国の歌手なんて、ウソに決まってるのに。フィリピン人なのはほんとだけど、あいつの母さん、普通にイセ電子で働いてるって」

イセ電子、というのはここから反対側の町外れにある電子部品工場のことだった。私は工場の仕事のことなんかよく知らないけれど、お母さんがイセ電子でパートをやっている、という子は同じ学校にもたくさん居る。地味な仕事だということはわかった。

そんな具体的な会社名まで出されて、私はさすがにひるんだ。アザミとこの子、どちらかの言うことがウソだとしたら、それはやっぱりアザミのほうだという気がしてくる。

不安が顔に出ていたのかもしれない。隣の彼女は、とどめを刺すように顔を寄せて私の耳元に囁いた。

「ウソつきの言うことなんか聞いちゃだめだよ。あの子んち、歯医者に通うお金も出せないって話だし、なんかもっと悪いこと考えてるかもよ？」

そこで受付のほうから「ミズタキヨミさーん」と声がして、彼女は立ち上がった。すばやく私に背を向けて、カウンターに駆け寄る。会計を済ませると、それ以上は目も合わせずに出ていってしまった。私は真新しいソファの上にひとりで取り残された。

いつの間にか、自分がポケットに突っ込んだ手をにぎりしめていたことに気付いた。手を出してからグーを開くと、右手の中に、汗でしっとりと濡れた夏目漱石のお札が二枚入っていた。

——歯医者行かないと、歯がきれいにならないでしょ？　あたし、アイドル目指してるんだあ。げいのうじんははがいのち、って言うじゃん。

アザミが最初の日に言った言葉を思い出した。

その日は普通に歯を削って詰めものをする治療だったので、ガーゼを噛まずに歯医者の玄関を出ることになった。駐車場を見てみたけれど、やっぱり「23—17」の車は来ていない。

公園に入ると、「センリ！」と高いところから声が降ってきた。赤いTシャツにハーフパンツ姿のアザミが、枠にして四つぶんの高さからジャングルジムを飛び降りるのが目に入る。

アザミは忠犬ハチ公のごとく私に向かって一直線に走ってきた。「今日はガーゼ噛んでないんだね」と話しかけてくる。アザミの背中のずっと後ろ、ディック・ブルーナの絵本のような色づかいのすべり台の上から、四人の女の子がこちらを見下ろしてにやにやしていた。真ん中にミズタキヨミが居る。

なんて面倒くさいんだ、というのがその時の私の本音だった。せっかく学校の外に友達を見つけたと思ったのに、結局、クラスの中と同じように、人間関係のごたつきの中で上手くバランスを取っていかなくちゃならないらしい。アザミにつくのかミズタグループにつくのか、問われているのだ。

あやうくため息をつきそうになったのだけれど、そこで湿ったものがぐいと私の手を引いた。顔を上げると、私の手を取ったアザミが大きな瞳でこちらをまっすぐに見ていた。

「今日はめいっぱい動いても大丈夫だよね。すべり台行こう」

——え？

すべり台のてっぺんは、相変わらずミズタキヨミたちが陣取って動く気配がない。私はびっくりして、びっくりしすぎたものだからそのまますべり台の下まで引っぱられていってしまった。

チョコレート色のはしごの前で、アザミは一度立ち止まってミズタたちを見上げた。

「どいてよ！　じゃま！」

——ええ？

アザミは仁王《におう》立ちで言い放ったあと、上をうかがいもせず、がしがしとはしごを上り始めた。私はしなやかに伸びた彼女の脚を見上げたまま、はしごの下から動けない。ミズタグループはしばらく上に立って、こちらを見下ろしていたけれど、アザミがてっぺんに着いて「ほら、どいてよ」と言うと、にやにやしながらも左右のスロープに分かれて下に滑っていった。「うざーい」「あんたがじゃまなんだっつの」と投げやりな捨て台詞《ぜりふ》を残していく。でもアザミはちっとも気にしない様子で、はしごの下に居る私のほうを振り返ると、軽く手招きをする。

「センリ、来なよ」

私はあっけに取られていた。ハブにされている子は小さくなるだけでなんにも言えない、というのが世間の常識だと思っていたのだ。

我に返った私がはしごを上るあいだ、アザミは上で待っていた。てっぺんに着くと、女子グループがブランコのほうに移動しているのが見えた。ふたりがブランコに乗って、残りふたりは柵《さく》に腰かけて座っている。柵の上からミズタが振り返ったけれど、それは本当に一瞬で、すぐにそしらぬ顔をして隣の女の子とのお喋りに戻った。「明日は絶対見逃したくなーい」とかなんとか、テレビ番組の話をしている。

「右からすべる？　左からすべる？」

うすい色の空を背景にしたアザミが言った。

「右はねえ、赤いから女の子になるの。左は青いから、男の子」

「何？」と私が純粋な疑問から訊き返すと、アザミは「男の子になったほうが、お花を摘んできて女の子にあげるの」と即答した。彼女のルールではそうなっている、ということらしい。

――あの子、超ウソつきなんだよ。

もったいぶった感じでミズタキヨミが言ったのを思い出して、私はつい笑ってしまった。

――まあ、ウソつきかもしんないけど。

多分、アザミのウソは悪くない。直感がそう言っている。

「じゃあ私、左からすべるね」

私が言うと、アザミは例によって歯を見せて笑った。のぞいた歯には治療の跡が全然なかった。


私が田んぼのあぜ道から集めてきたナズナの白い花を、アザミはずっと膝の上でいじっていた。このあいだと同じようにジャングルジムの上に座って、車を待った。アザミはまたママの話をした。トーキョーでママは毎日うたっていた、たくさん拍手をもらった、と言った。

「ねえ、アザミのママがうたうのってフィリピンの歌？　日本の歌？」

そう訊くと、アザミは「日本の歌だよ」と答えた。それからミズタたちを指して、「あの子たちが居ない時にうたってあげる」と言った。

白い車が滑り込んできて、公園の前に停まった。「23―17」。私がジャングルジムを下りようとすると、車のドアが開いてお母さんが出てきた。お母さんはすぐ下まで歩いてきて、こちらに呼びかけた。

「あなたがアザミちゃん？」

名前を呼ばれると、アザミはびっくりしたように「あ、はい」と答えた。妙にかしこまった答え方だった。

「センと遊んでくれてるんだってね。この子トロいから迷惑かけるかもしれないけど、よろしくね」

お母さんはアザミに向かってそう言うと、「帰ろ」と私に一度手招きをした。私はジャングルジムを下りかけた途中で思いついて、アザミのマネをして三段目から飛び下りてみた。

足の裏に地面が強く当たって、じんわりしたけれど、一応ちゃんと着地できた。おっ、できた、と思ってアザミのほうを振り返ると、アザミはなぜだかぼうっとしたように空を見ていた。

「アザミー！」

呼びかけてから、またね、と手を振ると、アザミはいつもの顔に戻ってこっちに手を振り返してくれた。ちょっとだけ間があった。

その日は夜から雨になった。私は妹と一緒に寝室に入ってから、こっそり枕元のスタンドをつけた。眠る前に読もうと思って、東南アジアの本を持ってきたのだった。

遅くまで起きていると必ず誰かに怒られるので、ゆっくり本を読むにはそれが一番の方法だった。

フィリピンのページには、ぎゅうぎゅうに人が行き交う市場の写真や、ジープみたいな、でも何か違うような車が人をたくさんのっけて山道を走っていく写真なんかが載っていた。写真には温度が映らないはずなのに、なぜだか、高い高いところからこちらを焼いてくる太陽が思い浮かんだ。

アザミはやっぱり、太陽が似合う。この土地に色が足りないと文句を言うのも、わかる気がする。

そんなことを考えていると、かたん、とふすまの動く音がした。

――やばっ。

私は条件反射的に仰向けになり、ずっと前から寝ていますよ、というポーズをつくった。

「……セン？　起きてる？」

お母さんの声を聞くと同時に、私はスタンドを消し忘れたことに気付いた。寝ていないのがバレバレだ。

観念してまぶたを開けると、スタンドの横にお母さんが小さくなって座っていた。

私が慌てて閉じた本――東南アジアの本の表紙に目を落とすと、それを軽くひと撫でして口を開いた。

「アザミちゃん、かわいい子だね。目がおっきいのは、きっとママ似なんだろうねえ」

くすんだ蛍光灯に照らされたお母さんの顔は、みずうみの底の砂みたいに静かだった。夜更かしを怒るような気配は、ちっともない。私は拍子抜《ひょうしぬ》けして、しばらく言葉を返さずにいた。

するとお母さんは、上から私の目をのぞき込んだ。「あの子、ここに――」と言って、本の上に置いていた手を自分の腿《もも》に移す。

「痛そうな痣《あざ》があったね」

私はお母さんの言いたいことがわからず、ぽかんとしていた。アザミの腿の痣なんて、私は見ていない。膝上までは服で隠れていたはずだ。

「見てない？」

お母さんは少し驚いたように私に尋ねた。「見てないけど」と返すと、お母さんは「あの時、ジャングルジムの下に居たから見えちゃったのよ」と小さくため息をついた。あくまでも、困ったようなため息ではなかった。

「ねえセン」

お母さんの声が改まったので、私は少し構えた。

「センにはぴんと来ないかもしれないけど……外国からお嫁さんをもらうと、いろいろ難しいこともあるんだよ。もちろん、なんの問題もなく暮らしていく人も居るけどね」

お母さんはそこまで言うと、仰向けになったままの私の額に手を置いた。ぽんぽんと叩く。

「アザミちゃんのこと、よく見ててね。そういう難しいことに困ってるかもしれないから」

私はお母さんが言おうとしていることにようやく気付いた。アザミの腿の痣と、おうちの「難しいこと」。アザミが「パパ」の話をまったくしないことにも思い当たる。それはつまり——。

私はそれをはっきりと言葉にすることができない。ただ、不安が込み上げて、喉の奥を冷たくした。

お母さんはまだ私の額を軽く叩き続けていた。小さい頃、熱を出した時にしてくれたように。

「お母さん」

私はそれこそ熱を出した赤ちゃんみたいに心細い気持ちで、お母さんの顔を見上げた。

「外国の歌手が日本にお嫁さんに来ることもあるよね？」

お母さんは「うん、そういうこともあるんじゃないかな」と言って、スタンドをぱちんと消した。


次の日曜日は雨だった。待合室には人が少なく、ミズタキヨミとも会わなかった。今回削った歯は穴が深くて、麻酔をされた。私はしびれて膨らんだ感じのする頬を押さえながら、傘をさして玄関を出た。

来る時、前を通ったら公園に人影はなかった。雨は冷たく降り続いている。外で遊べるような状況ではとてもなかった。

それでも私は公園に向かった。もしもアザミが待っていたら……私のことを待ちぼうけして、雨の中で冷たくなっていたら、たまらないと思ったのだ。

アスファルトの道から一歩公園に入ると、靴の裏が泥でぬるついた。と同時に、傘の向こうから声がした。

「センリ」

私はそれが空耳であることを祈りながらそっと傘を上げる。だって、こんな日まで外で私なんかを待たなくちゃいけないほど、アザミが淋しい思いをしているなんて、絶対にいいことじゃない。

けれども、真ん前のすべり台の下に、半袖のシャツを着てジーンズをはいたアザミが手を振っているのを見つけてしまった。アザミは全然淋しそうじゃなくて、いつものように黄色い歯を見せていたけれど、私はなぜだかぎゅっと胸をしぼりあげられた感じがした。

「来なよ」

アザミに手招きされて、すべり台の下に入る。頭のすぐ上が天井になっている、狭い空間だった。すぐ横にアザミの顔がある。

「ひみつきちみたいでしょ？」

アザミが、はしごの段の隙間《すきま》から頭を外に出す。私が「だねえ」と返事をすると、アザミがにしし、と歯の間から息を出して笑うのが聞こえた。

道の向こうに並ぶ家のパステルカラーが、雨でけぶっていた。アザミがこちらを振り返る。

「ママの『おはこ』聞かせてあげる。今日は邪魔者も居ないし」

薄暗がりの中で、アザミが一歩寄ってきた。私の耳元に手を当てて囁く。

「あの子たち、あたしがかわいいからいじめるんだよ。ばっかみたい」

「うん、ばかみたい」

私が言うと、アザミは顔を遠ざけた。酸っぱい虫歯のにおいと、べたべたに甘いアメ玉のようなにおいが混じってふっと漂った。

弱く、一定の雨音が聞こえる中で、アザミはおもむろにうたいだした。

「トウキョぶぎうぎ、リズムうきうき、こころずきずきわくわく〜」

古い歌だった。確か、タイトルはそのまま「東京ブギウギ」。テレビの「懐かしの名曲特集」で流れるのを何度か聞いたくらいで、歌詞までは知らない。でも私は、アザミの歌の力に吸い込まれていた。

「うみをわたりぃ、ひびくはぁ、ト、ウ、キョ、ブ、ギ、ウ、ギっ」

雨に負けず、声がのびる。アザミはすべり台の丸い柱に手を添《そ》えて、足を動かしながらうたう。まるで誰かと踊るように、陽気にかかとを跳ねさせる。サンダル履《ば》きのかかとは、水たまりを踏んできたのか、泥水で汚れていた。でもそんなことにかまわない様子で、アザミは頬をふっくらさせてうたい続けた。

——すごい。

私は、右頰に残った麻酔のびりびりさえ忘れて立ち尽くした。きれいなハリのある歌声は、鼓膜《こまく》に直接届くみたいに耳の奥まで通った。瞳に、くるくる踊るアザミがやきついてしまいそうだった。

雨が降って、世界を遠ざける。うすいカーテンにくるまれた私たちはふたりきりだ。

その日見た夢は、赤や黄色のひかりでぐちゃぐちゃになっていた。叩き割った風船とぶちまけたピザソースでいっぱいになったような、陽気でカラフルな空間だった。アザミが真ん中にいて、いろんな色のひかりをあびながら立っている。

——ほら、トーキョーにはこんなに色があるんだよ。

アザミはそう言って、満面の笑みを浮かべた。ふっくらした唇の間にのぞいた歯は真っ白で、どこにも穴ぼこなんてなかった。

私はどこに居て、アザミを見ているんだろう。アザミの言葉を聞いているんだろう。夢だからよくわからない。自分はその場に居ないような気がするけれど、とにかくアザミは私に話しかけているのだった。つじつまが合わない。

アザミが「東京ブギウギ」をうたいだす。どんどん色の変わるライトの下を踊り、跳ねる。キラキラの入ったミニスカートをはいて、脚を伸ばしたり縮めたりしてうたう。バービーが動いているみたいだった。アザミの脚は、ひっかきキズひとつなくきれいだった。

トーキョーでよかった、と夢の中の私は思った。

けれども現実には、ここはやっぱり色のないヘキ地だった。

田んぼには水が入り、小さな緑の葉が風にぱたぱた震えるようになった。山も空も一歩こっちに寄ったみたいに濃くなった。けれども、雨が降ると、灰色の雲が田んぼの水一面に映って、上も下もモノクロになる。

日曜日はまた雨だった。灰色の空気が湿気でむせかえる中、アザミはすべり台の下で待っていた。

右手に金具のゆるんだ大人もののバッグをぶらさげて、左手に傘となにかの紙をにぎりしめたアザミは、歯医者から出てきたばかりの私に言った。

「センリ、トーキョー行こう」

彼女は、左の頬を真っ赤にふくれあがらせていた。大きな目が、ふくれた部分の肉に下側から押されて、不恰好につぶれている。

いつもより少しあたたかく、なまぬるい雨の日だったのに、私は頭のてっぺんから冷たい風が吹くのを感じた。

「アザミ、それって」

私が傘をたたんで言うと、アザミは全然違う方向から返事をよこした。

「こんなのすぐ治るよ。オーディションに影響ないよ。平気」

それから慌てて「あっ、今は小学生でもアイドルになれるんだって。だからもう行けると思うんだよね。センリはあたしのマネージャーになりなよ」と付け加えた。あとから説明を足すのは彼女の癖らしい。

私が黙っていると、アザミは「見て」と言って自分の服を指した。

「かわいいでしょ。ママが小さい頃着てた服なんだ。フィリピンのおばあちゃんが送ってくれたの」

アザミのスカート姿を見たのは確かにその日が初めてだった。胸の下に切り替えのついた黄色いワンピースは、アザミにはもう小さいみたいで、肩口のフリルがぴんと張りすぎていた。布地も、日に焼かれきったみたいにぱさぱさしているのがわかる。

そして、あからさまに短い裾の下にのぞく腿には、大小の青痣が散らばっていた。

頭の上ではずっと雨の音がしていた。どれくらい、そのアザミの姿を見ていたんだろう。麻酔をした歯茎もしびれているけれど、それよりも頭の芯《しん》がしびれている気がした。

「行こうか」

と私は言った。他に言うべきことなんかない。

それを聞くと、アザミは嬉々《きき》として傘をにぎっていた手を開き、手のひらの中のものを私に見せた。シワだらけの諭吉さんのお札が一枚——汗で湿ったあげくくちゃっとかたまっていたから「一枚」と数えるには抵抗があったのだけれど、とにかく一枚ぶん——入っていた。

「これだけあれば、トーキョーに着くでしょ？　駅まで歩こう」

アザミが言った。私は、諭吉さん一枚ではトーキョーに行けないことも、駅までだって子どもの足では二時間近くかかることも、知っていたけれど言わなかった。

田んぼを貫《つらぬ》く国道に、徒歩の人の姿はなかった。休日だからか車も少ない。時々、運送会社の大きなトラックが通り過ぎて、思いきり道の端の泥水をはね上げていった。泥水も、降る雨と同じでなまあたたかい。ズボンの裾はすぐに湿って重くなった。

アザミは傘を前に傾けて先を歩いた。アザミの膝から下も、どんどん泥水をかぶって汚れていく。時々、ワンピースにも雫《しずく》が飛んで、黄色い生地に染みをつくった。アザミが足を運ぶ速度は本当に一定で、サンダルの底がぺたぺたと地面を打つ音がメトロノームのように聞こえていた。

私は自分でも怖いくらい落ち着いていた。ただ、前を行くアザミの背中を見たり、周りの景色を見てどれくらい歩いたか確かめたりしながら、一定の速度で足を前に進めた。

私たちはトーキョーになんか行けない。駅にたどり着くことだってできるかわからない。市街地のほうからやってくるウチのカローラに見つかってもおかしくない。とにかく、どうしたって私はここから出られないし、アザミだって多分家に帰るしかないのだ。腿に青タンができるような家でも。

傘の上で、雨の音がたあたあと鳴っていた。相変わらず同じ速度で歩くアザミのサンダルの音もしていた。アザミは振り返らずに喋った。

「ママね、時々あたしのことだっこして泣くんだ。『どうして泣くの？』って訊くと、『フィリピンのこと思い出しちゃった』って言うの。ママは、十八で日本に来て、それから一回も帰ってないんだ。あたしもフィリピンに行ったことないし、おばあちゃんに会ったこともないの。一回くらい帰ればいいのに、って思うでしょ。でも、あたしがそう言うとママは、『もう絶対に帰らない』って言うの。帰らないのに、思い出して泣くなんて、変だよね。でもあたし、今、ちょっとわかるような気がするんだ。あたしねえ、トーキョーに出たら絶対ここに帰らないよ。嫌いだし。でも、思い出したら悲しくなっちゃう気がする」

アザミの声は前に飛ぶから、すごく遠くから電波に乗ってくるラジオのようにしか聞こえなかった。傘にかすりそうなくらい近くを通るトラックが、轟音《ごうおん》を立てて邪魔をすると余計にそうなった。それでも私はアザミの話すことを全部聞き取った。

少し傘を上げたら、雨が線になって見えた。アザミに向かって放たれるように、前から飛んでくる水の矢の軌跡。鼻の頭に雫が当たって、私は顔をしかめる。視界の端に、逆三角形の青い標識が立っているのが見えた。国道の号数が書いてあるそれは、かすかに左に傾いていた。

——神様。アザミを逃がしてあげて。

時間も空間も飛び越えて、今すぐアザミを十八歳にして、トーキョーの真ん中に置いて欲しい。

「でもひとりじゃないもんね、センリが居るもん。センリ、あたしが泣く時はだっこがら歩き続けた。

させてね」

私は返事をしなかった。それでもアザミは振り返ったりせず、サンダルを鳴らしな

私たちが白いカローラに拾われたのは、それから十五分も経たないうちのことだった。一度歯医者に行ってきたのだろう、背中から追いかけるように来た車が、私たちの少し先に停まり、助手席からお母さんが出てきた。

「何でこんなところに居るの、もう！」

お母さんは、いろいろ知っていたからだろう、本気で怒ってはいなかった。怒ったフリだけすると、アザミと私を後部座席に押し込めた。アザミは、前にうちのお母さんに会った後みたいにぼうっとしていた。濡れきった傘と服で、後部座席はいっきに雨のにおいで満ちた。

運転席のお父さんが「で、どっちに行くんだ」と無愛想な声で言った。お母さんがフォローするように振り返って、アザミの顔をのぞき込みながら「おうちまで送るよ」と言う。アザミはぽっかりと口を開けて、声が出ないみたいにしばらくそのままになっていた。

「……いいです。あの公園までで」

やっとかえってきた返事がそれだった。バックミラーの中で、お母さんが困った顔をしたのがわかったけれど、車は適当な横道を見つけるとUターンをしてニュータウンのほうに向かった。

アザミはそれっきり口を閉ざして、自分のつま先ばかり見ていた。私も急に肩から力が抜けて、なんだか喋れなくなってしまっていた。シートにもたれて、アザミの視線を追ってつま先を見た。アザミの足の爪はでこぼこして、指先は泥だらけだった。お父さんもお母さんも何も言わず、車の中にラジオだけ低くかかっていた。

歩いて十五分の道のりは、車でたどると三分もかからなかった。あっという間に公園の前に着いてしまう。

「ありがとうございました」

アザミは硬く頭を下げると、すぐにドアを開けた。傘をささず、雨で濡れた道に降りる。こちらを振り返りもせず、後ろ手でドアをしめると、窓枠の外に消えてしまった。一瞬、車の中に沈黙があった。

「……あの痣はもう、アレだな。児童相談所だろ」

お父さんがつぶやいて、右にウィンカーを出した。お母さんが少し考えるような間を置いてから、「そうねえ」と言った。私は黙って、すぐ電話するのしないのと言うふたりの会話を聞いていた。お父さんは喋りながら器用に車をUターンさせた。

その時、サイドミラーに公園が映り込むのが目に入った。私はずるりとシートにもたれていたのだけれど、ふと気付いて窓に顔を寄せた。

すべり台の下に、アザミが立っていた。私が見ているのに気付くと、大きく手を開いて振った。

その瞬間、アザミの手のひらの、ちょっと白いのを思い出した。注射器で押し出したようにぷつりと涙が出た。

あっ、と思ったけれど、私は唇を噛んでこらえた。

——泣かない。アザミが泣いてないのに、私が泣いたりしちゃだめだ。

アザミはサイドミラーの中でずっと手を振っていた。口が動いているようだったけれど、どんどん小さくなっていくから何を言っているのかはわからなかった。

国道に出て、公園が見えなくなると、私は泣いた。出すつもりのない声が喉の奥から出てきて、車の天井に響いた。

大丈夫、アザミちゃんのことは相談に行くから、とお母さんがこっちに身を乗り出して言ったけれど、私は喉を押し上げてくるものを止められなくてわんわん泣いた。

「大丈夫だよ、セン」

そう言ってお母さんが私をなぐさめるたび、余計に悲しくなった。なぜだかは自分でもわからなかった。


思っていた通り、次の日曜日からアザミは公園に来なくなった。歯医者で何度かミズタキヨミに会ったけれど、彼女は私を避けるように傍の椅子に座らなくなったので、アザミがどうなったのかは最後までわからなかった。

六月最後の日曜日に、私の歯医者通いは終わった。梅雨の晴れ間で、まぶしい雲が空に適度に浮いている日だった。

公園に行ったら誰も居なかった。私はジャングルジムのてっぺんにひとりでのぼった。例によって麻酔をした歯茎が重たかった。

この空はトーキョーまでつながっているんだろうな、と考えてみたけれど、実感が湧かなかった。私にとって、トーキョーはテレビの中にしかない別世界だ。

でも、大人になったアザミは、本当にトーキョーに居ると思う。ちゃんと色とりどりのひかりが当たるステージでうたっているんじゃないか、とも。

アザミが国道を歩きながら言った「あたしが泣く時はだっこさせてね」を思い出す。

私の知らない世界で、この公園であったことを思い出してアザミは泣いてくれるんだろうか、と思ったら、急に心細くなった。

私は麻酔をした右側の頰を触ってみた。触っているのに触られた感じがしない。ジャングルジムからは、緑の海のように田んぼが見えていた。それが風の通り道にそってさわさわと伸びたり凹《へこ》んだりするのを見つめながら、私はなんどもなんども右の頰を撫でて、もう虫歯なんかつくらないと誓った。

だって星はめぐるから

眠りのふちで歌が聞こえる。サ行や夕行の音では声が歯にひっかかるのがわかるほどの、かすかな歌だ。

あかいめだまのさそり
ひろげたわしのつばさ
あおいめだまのこいぬ
ひかりのへびのとぐろ

私は身体じゅうをとろとろさせる力にさからって目を開こうとする。歌をうたっているのが隣の布団にくるまった妹のチエミなのか、それともそうでない誰かなのか、確かめようとして。一瞬、頭の先まで毛布をひっかぶって繭《まゆ》のようになったチエミの姿が見える気がする。でも、それをはっきりとみとめないうちに私は、ふちに引っかけた手を離すようにして、ひかりの届かない世界に落ちてしまう。

そうして次の朝起きると、眠りのふちで見たものは、縦糸だけけずった織物みたいにすかすかになってしまっているのだ。チエミ以外の人がこの四畳半の寝室に居るわけがない、でも、歌声もおぼろげになって、なんだか妹じゃない人が隣に居た気がしてくる。

怖くはない。でも、コロンとだまされてしまった気分になって、私は隣の布団で眠っているチエミの鼻をきゅっとつまんでみたりする。あからさまに不機嫌な顔で目を開けたチエミが「何すんの」と言うだけなのに。

——ねえ、昨日寝る前に歌うたった?

ひと言訊けば済むことだ。でも、私はそれをいつも呑み下す。あまりにも、私が寝る頃を見計らったかのようなタイミングで歌が聞こえてくるので、あの歌は大事な秘密なんではないかと思うのだ。もしこれが夢じゃないなら——あの歌をチエミがうたっているんだとすれば——私にずけずけと踏み込んでこられたくない場所を、薄いハンカチを広げるように、かすかな歌でもってつくっているのかもしれない、と。

お母さんがばたばたとやってきて部屋のカーテンを開けたりする中で、夜の記憶はさらにほどけていく。やっぱりただの夢かもしれない。それでも、何度も聞いているからか、あの歌詞だけはしっかりと刻まれている。エジプト辺りの石碑《せきひ》に、ぐにゃぐにゃした文字で書いてあるなぞかけ歌のような詞だなあ、と思う。さそりの目玉は赤くて、子犬の目玉は青。

「チエミ、あんたほんと寝起きが悪いんだから。とにかく布団から出なさい！」

お母さんが隣の布団からチエミを引っぱり出す。八つになったチエミはだいぶ重そうなのに、無理にずるずると引きずり出して、畳の上に放る。私はそれを見て一瞬ぎょっとしてしまう。でもチエミは何ともない様子でむくりと起き上がり、日焼けした肌に似合わない長い髪をわしわしと掻きながら部屋を出ていっただけだった。お母さんが今度は、私を見下ろして怒鳴る。

「センリ、あんたもぼーっとしてないで着替える！」

いつも通りの朝。何も起こらない。あのなぞかけ歌も、何か不思議なことを起こすわけではない。むりやり嚙んだアメ玉のような、小さな違和感を私のうちに残すだけだ。


十一月の廊下は、冷えてつるつるとひかる。硬いのに足の裏に吸い付いてくるような冷たい木の板の感触を感じると、鼻先にふっと現れるまぼろしのようなものがある。長い髪の女の子。小さな手でクレヨンをにぎり、痛々しくかすれた声で私を「ねえちゃん」と呼ぶ。あれもチエミ。

チエミは小さい頃ぜんそく持ちで、家から出られなかった。代わりにぺたぺたと家じゅうを歩きまわり、暗い廊下にネグリジェの白い影を落とした。まるっきり天使みたいだった。

三歳ぐらいの時はしょっちゅう咳《せ》き込んで、病院にかつぎ込まれるなんてニチジョウサハンジ、「今たまたまここに居るだけ」という空気をぷんぷん漂わせていたチエミ。「七つまでは神の子っていうからねえ」なんて口走る親戚まで居た。けれどもチエミは、あっさり呼吸補助器を捨て、気付いたら平気でその辺を走り回るようになっていた。

この木造の家の、影が濃いところには、チエミが病気だった頃の空気がまだ残っている。時々、かくれんぼうの子どもみたいに顔を出しては消える。顔を洗うために洗面器にためたお湯を一気に流したら、水音の陰に咳が聞こえる気がしたり、あるいは、歯磨き粉を取り出すために洗面所の引き出しを開けて、なぜか湿布薬のツンとしたにおいを嗅《か》ぎ取ってしまったり。

ぺたぺたぺた、裸足で廊下を行く音がする。でも振り返って見れば、そこに居るのは、冬だというのに日に焼けた手足をさらした二年生のチエミだ。今にもいなくなりそうな三つのチエミじゃなく。

忘れ物ねーがちゃんと確かめでガッコさ行げよう、と、ばあちゃんの声がする七時二十五分。仏間の隅に転がった二つの赤いランドセルを見下ろして、なんだかこっちが夢みたいだ、と思う。

――チエミと一緒に学校に通う未来なんて、昔は思い浮かべもしなかったのに。

じっと眺めていると、ランドセルは赤い点になった。四年生の私が学校に通って、クラスのみんなの中で何を考えているかとか、毎日の面倒な宿題とか、そういうことさえぼんやりとして、今にもぱちんと誰かが手を叩いたら全部消えてしまいそうな気がする。

何でだろう、あの頃のことのほうが「ほんとう」っぽい。

「私昨日、カツラが万引きしてるとこ見ちゃった」

五つ合わせた机の上にモゾウシを広げながら、塔子ちゃんがぽつりと言った。少し離れた教室の隅のほうで、うひゃひゃと派手に笑うカツラちゃんの声がしたところだった。

私はその言葉にびっくりして、カツラちゃんのほうを振り返った。髪を真ん中で分けて、肩までまっすぐに垂らしたカツラちゃん。男子四人と一緒に、輪を作って立っている。かと思ったら、丸めた教科書で隣の男子を叩いた。ぱこん、と間の抜けた音がする。カツラちゃんは何と言うか、すごく「女子っぽくない」子だ。

「何を？」

私はカツラちゃんのほうを見たまま、そんな核心をつかない質問を口にしてしまう。でも塔子ちゃんはさっくりとひと言、「ノート」と答えた。私の横で、蛍光ペンを赤から青へ順に並べ替えていた茜ちゃんが顔を上げる。

「カツラといえば、今度はジャスコで腕時計とったとか言って自慢してんだけど」

茜ちゃんの声はまわりのざわめきをちょっと押しやるくらいに響いた。私たちはいっせいに口をつぐんでまばたきをする。教室のざわめきは少し減ったはずだ。横目で先生の姿を確かめたら、椅子に座ったまま教卓の傍の班に口出ししているところだった。こっそりため息をつく。

今はあくまで社会科の授業中なのだ。机で輪を作った「私たち」は五人――私、塔子ちゃん、茜ちゃん、和也くん、イシバタ。「農家の人にインタビュー」という発表のために、特別編成された班である。いつもはクジで決めた席順に沿って班活動をするのだけれど、今回は、放課後集まって行動しやすいようにということで、先生が家の近い人同士を固めて班にした。で、下校が一緒の女子三人＋仲良し男子二人、というメンバーになっている。

　でも女子と男子は近所でありながら仲良しじゃない。和也くんは思いっきり目を泳がせている。「万引き」を聞かなかったことにしたいらしい。その意思をくみとってか、隣に座ったイシバタが、「ちょっとードラクエさー、エスターク倒せないんだけど」と授業と無関係（かつ女子と無関係）なゲーム話を始める。それに続いて茜ちゃんが、ソプラノボイスでまくしたてた。

「正直ひくってー。そんなこと言われたってどう答えりゃいいかわかんないじゃん。いや、『すごーい』とか言われたいんだろうけど、本人は！」

　塔子ちゃんが「茜、声でかいって」と人さし指を立てた。たしなめるかと思ったのに身を乗り出して話し始める。

「そんなこと自慢すんなって話だよねー。普通に悪いって。害だって」

　私は男子ふたりと女子ふたりのトークの隙間に座って、ちっちゃくなるしかない。

「ていうか、ホントさいきんカツラうざい。親同士仲いいからってこっちまでくっつけられるなんてさ、ガキのうちだけにして欲しいよ」

「何言ってんの、お前裏技知らないの、会心の一撃連発するやつ」

私は机の上に置いた「社会　四下」の教科書に目を落とす。表紙で、同い年くらいの男の子が、坊ちゃんカットの前髪の下で目を細くして笑っている。隣には、八重歯を見せて笑った女の子。大根を抱えてにっこりした八百屋のおばちゃんや、黄色い田んぼや、石油コンビナートの写真に囲まれた真ん中に、ふたりのツーショットはある。

——社会って何かしら。

教科書の横には、並べられたままの八色蛍光ペンがあった。イシバタが出して、茜ちゃんがきれいにそろえてたやつ。私はそれを、広げた右手でつかんでみた。そうしてそのまま床に叩き付けて転がしてやれ、と思ったけれど実際にはしない。

教卓の傍に座った子たちは、先生も引っぱり込んでにぎやかにモゾウシを囲んでいる。ちゃんと農家の話をしているのが、会話のはしばしからわかった。女子で一番大人しいチコちゃんが、にこにこしながら何かメモを取っている。あれは浜の傍の集落の子たちだ。

——あそこに行きたい。

八本のペンをわしづかみにして机に頬を付けた私の耳に、カツラちゃんの通る声が入ってくる。何人分ものお喋りを飛び越えて、教室の隅から。

「あの本屋まじ警戒心なさすぎ。明日つぶれんじゃないかっていっつも心配なんだよね」

隣の男子が、「お前がつぶすんだろバカ」と言って笑った。チャイムが鳴るまであと五分。五分をつぶすために、私はイシバタの蛍光ペンを、キャップと本体全部ちぐはぐにしてやろうと思いつく。

その日、昇降口を出る時に、茜ちゃんは自分のじゃない下駄箱を開けて、中にあったスニーカーを床の上に軽く放った。ゴムの底がぽこんと鳴った。

「さ、帰ろ帰ろ」

と茜ちゃんはアイドルみたいなスマイルを作って言った。自分の靴を履き終えた塔子ちゃんが、喉で軽く笑いながら、床に転がったスニーカーの片方を蹴る。上手く転がらなかったそれは、男子のほうの下駄箱の前で中途半端にこっちを向いていた。横目で私をにらんでいるようにも見えた。

私は目の前に残った「片方」をまたいで、ふたりと一緒にガラス戸をくぐる。確かめるまでもなく、泥で汚れた真っ赤なスニーカーはカツラちゃんのものだった。

ガラスを一枚へだてても、後ろから何か重い空気を感じる。茜ちゃんも塔子ちゃんも何ともないのかな、と思って横目でうかがったけれど、ふたりとも全く普通の顔でさくさくと歩いていた。

校門を出ると、十一月の風が横笛のように鳴っていた。海風に髪を巻き上げられながら、三人並んで歩く。商店街を抜けると、稲の付け根だけ規則正しく並んだ田んぼが両側に続いた。雲があるのかないのかわからない灰色の空の下、私たちは三人ぽっち。

どうする、カツラが先生にちくったら。いや、あれくらいのことで騒ぐほどプライド低くないでしょー。そうだね、あいつコーマンチキだしね。

ふたりがどんどん塗り重ねていく悪口を黙って聞きながら、私は家に帰る方法が他にないかどうか考えていた。でもまるで思いつかない。

私は茜ちゃんと塔子ちゃんと並んで帰らなかったことなんか一度もない。台風の日はちっちゃい傘を寄せ合ってキャーキャー言いながら帰った。春には道端の草を摘みながら何十分もかけて歩いた。

――楽しかったなあ。

そう過去形で思ってみたら、胸の内側の皮膚にツンと食い込むように、何かが引っかかった。あら、何だこれ、と思いながら、少し前を歩くふたりの後ろ頭を見る。長い髪を垂らした茜ちゃん、ふたつ結びの塔子ちゃん、ずっと同じ後ろ姿のような気がしていたけれど、でも前と違って見える。ほんの一歩前を歩いているだけなのに、呼んでもこちらを振り返らない気がする。

——どうして私、この子たちと帰ってるんだろう。

そう思うのと同時に、田んぼの中の一本道をいっせーのーせで駆け出していく、まだ小学校に入ったばかりの頃の私たちの姿が見えた。一年生の、ほんとうに最初の時期は、かけっこして帰ったりなんかしたんだった。雨の日に、傘をさしたまま走ったら、風が当たって嵐の中みたいで、三人で意味なくげらげら笑った。茜ちゃんは額にべったりついた髪をそのまんまにして笑ったし、塔子ちゃんは水玉模様のハンカチで私の濡れたランドセルを拭いてくれた。

——ねえ、ここからあの角までかけっこしない？

もしも今、私がそう言ったら、ふたりは何て言うだろう。

やっと家に着こうかというところで、垣根から飛び出してきたチエミが見えた。この寒さだというのにサンダル履きで、半ズボンの下からするりと黒い脚が出ている。私は「チエミっ」と叫んでから、横のふたりに「じゃあね」と言った。ふたりの口から「じゃーにー」「ばいばーい」と普通の返事が出るのを聞き取ると、アスファルトの上を駆け出す。少し先の角を左に入った砂利道の上で、チエミはけげんな顔で立ち止まっていた。まだ膝が前に出ていて、今にもどこかへ走っていってしまいそうだ。私はジェスチャーで「居て、居て」と押しとどめながら、チエミのもとへ全力疾走した。

「これからヤスんち行こうとしてたのに」

腕をつかんで、うちの垣根の中に引っぱり込むと、チエミは思いっきり眉をしかめた。私が「約束してるわけじゃないでしょ？」と訊くと、いかにもしぶしぶといった感じでうなずく。

「ちょっとさあ、ねえちゃんの悩み聞いてよ」

茜ちゃんと塔子ちゃんのきゃんきゃんいう話し声が遠ざかるのを確認しながら、チエミの肩をつかんで言った。チエミは「聞くだけなら」と言って、池のふちにある岩の上に腰かけた。さりげなく、一番たいらなやつを選んで座っている。私はその隣の尖《とが》った石に座った。でもやっぱりお尻が痛い気がしたので、ランドセルだけ下ろして立つことにする。

「あのさあ」

と話を始めてはみたものの、何から言ったらいいかよくわからない。四年生になってから、私は時々、苛々したりうんざりしたりする。でも何に対してうんざりしているのか、言葉にしようとしても何も出てこなかった。

小さい頃から一緒に居る、茜ちゃんと塔子ちゃんにうんざりしているかといえば、違う。ふたりだけが悪いんじゃない。万引きを自慢したりするカツラちゃんは、あのふたりよりもっとおかしい。でも、カツラちゃんだけ悪者にできるわけでもない。優等生のくせに色々聞かないふりの和也くんだって何だか腹立たしいし、もっと言えば、何にも知らないで楽しそうに班活動をしている、浜の集落の子たちにだって苛々する。

「なんかさあ、私、みんなのこと嫌いっぽいんだけど」

結局、口をついて出たのはそんな投げやりなひと言だった。同時にちらりと門の外に目をやる。今にも「みんな」のうちのひとりがそこから顔を出して、私を指さしそうな気がして。指さされたら最後、私もカツラちゃんみたいに靴を放り投げられるのだ。

チエミは気がなさそうに「はあ」と言った。それ以上の返事が出てこないので、私はもう一度「あのさあ」と仕切り直してみる。

「チエミ、私と一緒に帰んない？」

どうせ露骨に嫌な顔されるんだろうな、と思いながらも提案した。でも、チエミは口をまったいらに結んでこちらをイチベツしただけだった。

「あたし、ヤスとシンタロとあっちょんと帰ってんだけど」

チエミの長い髪がひゅっと一束、風にさらわれる。その光景はずっと小さい頃に何度も見た気がした。でも私の目の前に居るのは、昔と違うチエミ。冬になってもまだ日焼けの残る脚をした、健康的なチエミだった。

だよねえ、と私がぼんやり返事をすると、チエミはサンダルを地面に落として、裸足を池の上に伸ばした。水面に浮かぶ、まだ水の染みていない枯葉を、足の指でつつく。私は首を垂れて、そこに静かに立つ波を見ていた。

ふと、教室の隅で笑っていたカツラちゃんのことを思い出す。男子に囲まれて、女子に悪口を言われているのも知らないで笑っているカツラちゃん。

私は思い切って顔を上げた。

「あんたさあ、男子とばっか遊んでると女子に意地悪言われるよ」

思ったよりキツい声が出て、しまった、と思ったけれど、チエミは面倒そうに横目でこちらを見ただけだった。ひょいと岩の上から降りる。裸足の右足は思いっきり土を踏んだけれど、チエミは全く気にしない様子で、その足をサンダルに突っ込んだ。

「でも、ねえちゃんとは帰んないから」

やけにきっぱりとした口調でひとこと言い残すと、チエミはにぎりこぶしをつくって走っていってしまった。

頭の上で風笛が鳴る。短く切った私の髪は、風につままれたように半端に宙に浮いた。

私はさっきまでチエミが座っていた岩の上に、膝を抱えてのっかってみる。上がぺたんとたいらなその岩は、確かに座りやすかったけど、少し狭い気がした。

でも私はそこにとどまって、池の上に散った落ち葉を見ていた。風に寄せられたのだろう、たくさんの落ち葉が右側に寄って、お互い重なりながらぐちゃぐちゃに身体を濡らしていた。

チエミの小さな手が、池に舟を浮かべたことを思い出す。教育テレビの工作番組をお手本に、私が発泡スチロールでつくったお粗末な舟だ。それに、チエミのお気に入りのネズミのぬいぐるみを乗せた。ぬいぐるみはあっさり沈んでしまい、チエミはわーわー泣いた。泣いているチエミの指は、細いくせに、にぎるとひどく熱かった。

目を落として、自分の手を開いてみる。当たり前だけれど、からっぽの手のひらがそこにある。

「あかいめだまのさそりー　ひろげたぁわしのつばさー……」

私は池の水面を眺めて、チエミの歌をうたってみた。つくづくでたらめな歌だな、と思った。

自分が、さみしい、と思っていることを、本当はわかっていた。チエミが男の子たちと砂利道を走り回っていることを、素直に喜べない。か細い声が、手が、私に向かってまっすぐ伸ばされていた時のことを恋しいとさえ思っている気がする。

あの頃は、外に出られないチエミのために、友達と遠くへ遊びに行けないこともあった。でも、代わりに私は、ぎっちりとにぎりしめることのできる手を持っていた。

――私がついててあげなくちゃ。

ギムカン？　かもしれない。でもそれは、心地よい確信でもあった。チエミの手をにぎるのは私じゃなくていいんじゃないかなんて、思ったりもしなかった。

茜ちゃんと塔子ちゃんのことだってそう。ふたりは疑いなく「友達」で――友達って何だろう、とか思う以前にもう「友達」で――どうして一緒に居るんだろうなんて考え込まなくてよかった。

――「どうして」なんて要らない世界に、ずっと居られたらいいのに。

次の日、校門前に着いて登校班がばらける中で、チエミが私のそばに来て言った。

「待ってないからね！　いつも通り帰るからね！」

　はいはい、と返事をして別れる。ひとりで四年生の下駄箱のほうに歩いていくと、床に何かがごろごろしているのが見えた。もしかして昨日の靴がそのまんまになってるんじゃ、と軽く冷や汗をかく。でも、近寄ってみたらそれがもっと悪いものなのがわかった。灰色に淡いピンクのアクセントがついたスニーカーと、白地に紺の縦縞《たてじま》が入ったスリッポン。茜ちゃんと塔子ちゃんの内靴《うちぐつ》だった。

　――カツラちゃん、なんだろうなあ……。

　一瞬、ふたりが来ないうちにあるべき場所に靴を戻してしまおうかと迷う。でも、背をかがめてから、この状況下でふたりがやってきたら私の仕業《しわざ》だと思われるんじゃ、という気がしてきて、目を泳がせた。ピロティーのほうからは無数の「おはよー」が聞こえている。今にも誰かがガラス戸をくぐってきそうだった。

　私はすばやく自分の下駄箱を開け、自分の内靴を取り出すと、かかとまで履き込まないうちにずるずると階段の下まで走っていった。

　五分後、教室では前代未聞の大げんかが始まる。スリッパ履きで教室にやってきた茜ちゃんが、自分の内靴をカツラちゃんの机の上に叩き付けてタンカを切ったのだった。あんたって意外とセコい根性してんじゃん、と言った茜ちゃんに、カツラちゃんはわざとらしく「はあ？」と答えた。

「何の話？」

茜ちゃんはすっかり逆上していて、もう一度自分の内靴でカツラちゃんの机を叩いた。バスケットボールが黒板にぶつかったみたいなすごい音がして、教室じゅうの肩が小さく跳ねるのがわかった。茜ちゃんの後ろに立った塔子ちゃんさえ、軽く上体を引いていた。それに全く構わない様子で、茜ちゃんはまくしたてる。

「シラ切らないでよ。あんたでしょ、私と塔子の靴、下駄箱から出しといたの」

「は？　何言ってんの。何を根拠にあたしを犯人にするわけ」

カツラちゃんはあくまで知らないふりを通す気らしかった。でも、茜ちゃんが絶対不利だと、もうみんながわかっている。

「これ先生に言うからね。あんたのやったこと、全部バレるんだから」

「そしたらこの件は茜から手ェ出したってこともバレるけどね」

もう、教室の中で口を開いているのはふたり以外にいなかった。隅で昨日のアニメの話に興じていた男子も、かたまって編み物の本を開いていた女子も、ひとりで本を読んでいた子も、みんなが茜ちゃんとカツラちゃんを見つめている。ふたりがにらみ合って黙りこくると、教室の床のマス目の隅まで、みちみちと空気が張った。

私はすっかり頭から血を引かせている。やっぱりさっき靴を戻しておけばこんなことには、と後悔した。でも、私のように、転がった靴をコトナカレで無視した人が結構いたはずだということに気付くと、またうんざりした。

――ほんとにうんざりだ、こんなクラス。

そう思った時、誰かが「あ、先生」とつぶやいた。担任の大場《おおば》先生が履いているバスケットシューズの音が確かに廊下から聞こえて、その瞬間、みんなの椅子があわただしくガタッと鳴った。その音はいつもと違い、一瞬でやんだ。

ものすごく長く感じられた間の後で、教室のドアが開いた。

「お、何やってんのお前ら」

先生が顔を出す。カツラちゃんの席は、もろドアの前にあって、渦中のふたりは目を点にして先生を見ていた。

こっそり時計を盗み見ると、始業まではまだ十分もある。

――変なの。大場先生、どっちかっていうとちょっと遅れてくることが多いのに。

首を傾げたところで、後ろのドアからさっと身を滑り込ませた人影に気付く。チコちゃんだった。ランドセルをしょっていないので、今登校してきたんじゃないことがわかる。背をかがめたまま、一番後ろの席についた。みんな、先生とふたりのほうに気をとられていて、誰も気付かない。

もしかしてチコちゃんが先生を呼びにいったんだろうか。チコちゃんは椅子に座ると、いつものように少し伏し目がちに前を見た。国語の時は朗読の声が小さくて怒られるチコちゃんが、そんな大胆なことをするなんて。

茜ちゃんの靴がカツラちゃんの机の上にのっかったままなのを見て、先生はひと言「うわ、キタネー」とだけ言って教卓のほうに進んでいった。茜ちゃんはバツの悪そうな顔をして靴を取ると、教室の真ん中にある自分の席へと歩いていった。

あたしあんなやつともう口きかない、と茜ちゃんが言い出したのは次の休み時間だった。少人数でかたまってお喋りしている女子グループの中に割り込んでいっては、わざわざ宣言した。私と塔子ちゃんには、職員室の前のあまり生徒が使わない女子トイレで、直接言った。

「カツラはもう、シカトね」

塔子ちゃんは軽くうなずいて同意したけれど、私は納得いかなかったので返事をしなかった。こうやってへんに「しかえし」みたいなことをするから自分まで悪者になるんだ、と思った。

「何か言いたいことあんの、センちゃん」

茜ちゃんが苛立たしげにこちらを見る。真っ黒な猫目が、私を、みずうみの底に沈めるように映していた。冷たく深く。

私は惰性《だせい》でうなずいてしまわないように首に力を入れた。さっき、誰にも気付かれないで教室に入ってきたチコちゃんのことを思い出して、小さく息を吸う。

――さからえ、私。

「……あんまりあからさまなことすると、今度はこっちが悪者になるじゃん。別にシカトしなくても、何か話しかけられたら返事ぐらいすればいいと思う」

言葉はすらすらと出たけれども、頭の芯は冷たかった。茜ちゃんがそれに答えないでじっと私の目を見たので、余計ぴりぴりした。

でも茜ちゃんは、途中でふっと目を横に逸らして言った。

「まあセンちゃんはそうすりゃいいよ。センちゃんは」

とりあえず「シカト」は私の身に降りかからない。私は学校からの帰り道を、前と同じように三人でたどる。

カツラちゃんには「シカト」が降りかかった。彼女はどこのグループにも属していないので、それまでは気まぐれに色んな子と話したりしていたんだけれど、みんな応えなくなった。でも、カツラちゃんには仲良しの男子が居る。平気な顔で学校に来て、げははとかひゃははとか笑い声を立てている。

しかも、前と変わらない調子でいきなり女子に話しかけることがあった。話しかけられたほうがびくついて、思わず返事をしたり、逆に息を止めてしまったりしているのを、何度か見た。

そうして私も気まぐれに声をかけられる。

「センリ、それ暗号？　あるなしクイズ？」

社会科の時間。気付くとあれから一週間が過ぎていた。茜ちゃんと塔子ちゃんが教材室まで二枚目のモゾウシを選びに行っていて、私はひとりで残されていた（男子ふたりもいたけど、例によってゲームの話ばっかりしていた）。そこに、一メートル定規を運んできたカツラちゃんが通りかかったのだった。私の手元には、チエミの歌の詞があった。ひまつぶしにノートに書いてみたやつ。

あかいめだまのさそり

ひろげたわしのつばさ

あおいめだまのこいぬ
ひかりのへびのとぐろ
私はしばらくカツラちゃんの顔を見てぽかんとしていた。きっとものすごい間抜けな顔をしていたと思う。声をかけられても無視しないぞしないぞ、と思っていたのに、いざとなると頭の回転が止まってしまっていた。多分、長いこと口をきいていなかったからだと思う。

でもカツラちゃんは、ノートを指したまま嬉しそうに言った。

「あたし、これわかったよ」

そのひと言で、頭が動き出した。椅子から立ち上がるくらいの勢いで「え、何！」と身を乗り出すと、うすす黄色い八重歯をのぞかせた笑いが返ってきた。

「星座」

「えっ？」

私が聞き返すと、カツラちゃんはひとつひとつフレーズを指しながら説明した。

「さそりでしょ、わしでしょ、こいぬ、へび、全部星座にあるやつ。さそり座は赤い星があるから、『あかいめだまのさそり』なんでしょー。他のは、よく知らないけど」

私は思わずノートの隅をにぎりしめた。

「そっかあ。そうなのかあ。全然思いつかなかった」

そう言うとカッラちゃんは、「兄ちゃんが星好きでね、天体望遠鏡持ってるんだ」と自慢げに口を歪《ゆが》めた。それからこっちに顔を寄せて、「すっげー高いやつ。これぱっかりはでかくて盗《と》れないけど」と囁いた。

「ひと言余計だよ」

私が言うと、カツラちゃんは、今度は歯を見せないで笑った。ほっぺたがふくっと上がる。そのままドアのほうに目をやると、何も言わないで自分の班のほうに走っていった。茜ちゃんと塔子ちゃんが、ピンクのモゾウシを持って入ってきたところだった。

「げえ、ピンクかよ」

イシバタがぼやく。茜ちゃんが「この色、すっごい探したんだからね!」とちぐはぐな答えを返し、和也くんが「さ、字の配置決めよっか」と仕切り直した。その横で私は、じっとノートに目を落としていた。早く帰ってチエミに言いたい、と思う。

「あんたの歌、あれ、星座でしょ」って言ったら、チエミはびっくりするかな。私がカツラちゃんにびっくりしたみたいに。

その夜は眠くならなかった。チエミの歌が始まっても。寝たふりをしてからずばっと「星座でしょ！」と言い出すんだと思ったらずいぶんどきどきした。茜ちゃんににらまれたまま口を開いた時よりずっと、たくさんの汗が出た。

「星座！」

布団からがばりと身を起こしてチエミを指さす。チエミはちょっと布団の下の背中をびくつかせて、それからうっとうしそうに頭を出した。毛布から顔の上半分だけ出してこちらを見る。後悔しかけた私の目を、チエミはじっとのぞき込んだ。

「……そりゃそうだけどさー、もしかしてねえちゃん、この歌知らないの？」

「は？」

チエミの作詞作曲だと思っていた私は、問いの意味を理解するまでに時間がかかった。誰かの、しかも有名な人の歌だったということらしい。

あっけにとられた私に、チエミが「宮沢賢治」と、ひと言放つ。

「そうなの？」

「そうだよ」

もしかして、ずっとなぞなぞ歌だと思って考えてたの、とチエミが言ったのにうなずくと、大声で笑われた。

「何、ずっと考えてたの、こんなの？　えー？」

ばかじゃん、とチエミは言った。でもそのまま、むくりと起き上がって手招きした。ちょっと来て、とすぐ隣にあるふすまを開ける。お父さんとお母さんの寝室の六畳間。ふたりともまだ居間に居るのか、姿はない。隅に布団が積んであって、真ん中にはぽっかりと闇が集まった空間があるだけだ。私たちふたりは何とはなしに背中を丸めて、こっそりと部屋に入った。

「見て」

チエミが囁く。指さした先、天井の照明の右側に、小さな点が七つひかっていた。デンキのあかりじゃない、蛍光塗料のうっすらとしたひかり。そのひかりでできた七つの点がひしゃくのかたちを描いていることは、すぐにわかった。

「北斗七星？」

私が言うと、チエミが隣で小さくうなずいた。

「あたしぜんそくだったじゃん。だから、夜の冷たい空気はよくないとか言って、星、見られなくて」

「うそ」

全然知らなかった。でも私は、チエミが小さい頃、お父さんとお母さんに守られるようにこっちの寝室で眠っていたのを憶えている。つまり、この星はチエミのために天井にくっつけられたのだ。お父さんかお母さんの手によって。

「あの歌も、お母さんがうたってくれたんだよ。ねえちゃん、ぐっすり寝てたから知らないいんだろうけど」

暗闇に慣れてきたのか、横を見たらチエミがまぶしそうに偽物の星をあおぐのが見えた。私は「そっかあ」とだけつぶやいて膝を抱える。布団の中で、お母さんの歌を聞きながら、チエミはきっと今と同じまぶしそうな顔をしていたんだろう。

私が知らない顔は、まだいっぱいある。チエミにもカツラちゃんにも、クラスの他のみんなにも、多分。うんざりしたり、さみしくなったりするのはまだ早いんだ。

そう思ったら久しぶりに、なんだか安心してしまって、早くもまぶたが下りそうになった。

マンガみたいな星形に切り抜かれた蓄光チップのひかりが七つ、私とチエミを照らしている。

先生のお気に入り

海鳥が一羽、らせんをゆっくりと滑り落ちるようにきれいな円形を描いて飛んだ。続いてもう一羽が同じカーブをなぞって飛び、二羽は岩場の陰にかくれた。カップルかなあ、と私は思う。

頬杖《ほおづえ》をついて眺める海は、今日はとくべつおだやかだ。冬にしては珍しく凪《な》いで、低い波間に陽のひかりが見え隠れする。ひかりは私のまぶたの裏に、細やかな残像を散らしていく。まぶしさに少し目を細めたところで、がつん、硬いものがくだける音とともに、先生の声が飛んだ。

「センリ！」

足元に、チョークが無残な姿をさらしていた。前から後ろから、みんなの視線を感じる。またやってしまった。この席は窓際なのが気に入っているけれど、前から三番目、後ろから三番目なのが良くない。こういう時、顔も背中もみんなに見られて、ひどく居心地の悪い思いをするからだ。

そっと目を上げると、先生がすぐ前に立っていた。右手には、先っぽに赤いチョークのついた巨大なコンパス。ぼさぼさの髪をひと掻きして、先生は口を開く。

「何見てた？」

先生の、くろぐろとした瞳にのぞき込まれて、私の喉は縮みかける。

「鳥を」

結局声は少しかすれてしまった。先生はこちらを見下ろしながら、ふん、と鼻息を吐いた。

「鳥は、俺の授業より面白いか？」

下を向いたまま「面白くありません……」と答えると、先生はその場にしゃがみ込み、私の目をさらに下からぎろりとのぞいた。

「だろ？　すっばらしい算数の授業だ、よそ見しないで聞きなさい」

男子がくくく、と笑う声がした。誰かが「すばらしくないって」と言う。

「オイ、誰だ今『すばらしくない』とか言った奴」

先生が立ち上がって席を離れようとすると、前に座った茜ちゃんが手を上げた。

「先生！　散らかしたチョークは拾ってくださいよ。靴が汚れちゃうじゃないですかあ」

こちらを振り返った茜ちゃんは、猫目で先生を見上げている。ほっぺたのところに、大人びたカットの横髪が軽くかかっていた。

先生は面倒くさそうに「はいはい」と腰をかがめる。すると、茜ちゃんの膝こぞうが先生の目の前にあった。「うおっ」と先生の声が上がる。

「茜、お前この寒いのに何だこのスカート。脚出してんじゃねえよ。ズボンはけズボン」

「えー？　そんなのアタシの勝手じゃん。ていうか、見ないでよスケベ」

茜ちゃんは、わざとむっつりした顔を作って言い返した。茜ちゃんがわざとむっつりした顔はちょっとかわいい。多分、本人もそれを知っているのだと思う。でも先生は、その顔を見ようともせずに立ち上がった。みんなに向かって、「女子い、冬にミニスカはいていいのはアイドルだけだぞ、こらあ」と言う。先生に背中を向けられた茜ちゃんは、今度はわざとじゃなくむっつりした。その顔は決して愛らしくなく、どちらかといえば怖かった。

「そうだ。ズボンで助かったソ連の捕虜《ほりょ》の話をしてやろう」

拾ったチョークの残骸《ざんがい》を黒板に戻すと、先生はコンパスも一緒に手放してしまった。

教卓から身を乗り出して、「昔、友達のじいさんから聞いたんだが……」と話し始める。後ろの男子ふたりが、小声で「これで算数つぶれるな」「ラッキー」と言って笑った。私は頬杖をつくのをやめて、まっすぐ先生の目を見た。目が合うと先生は無精ヒゲを掻いて不敵に笑った。

大場先生は、四年生から私たちの担任になった。今まで担任してもらった先生とも、学校にいる他の先生とも、根っこが違うような先生だった。「先生」らしくないのだ。大場先生はいつも猫背で、リノリウムの廊下を歩くと、履き古したバスケットシューズからぺったらぺったらと間の抜けた音が出る。もちろん、参観日以外は煙草のにおいが染み込んだジャージ姿だ。まだ二十五歳くらいらしいのに、怒ってチョークを投げる時以外は覇気《はき》というものがまるでない。先生の目を見ると、いつも、このまぶたは本当はもっと開くんじゃないかしら、と思う。授業も何だかてきとうで、「三時間目は……社会かあ。準備してないし、国語にすっか」などと言ったりする。てきとうなくせに、話を聞いていない子どもを見つけると、すぐさまチョークを投げつけた。私も十回はチョークミサイルの目標となり、うち二回は机を直撃、三回は私がよけたせいで後ろの席の子が被害をくらった。

そんな先生の一番の特徴は、「ムダ話」だった。時間割通りに授業を始めたとしても、すぐさま話が横道にそれる。分数の授業をしているのが「8分の5チップ」の名前の由来の話になり、果ては「人気商品というのはだなー」と、どう考えても小学生にするようなことでない話題を講義していたりした。先生のムダ話は、授業がつぶれるからみんな大好きだ。私は先生の話す内容も好きだった。「チャレンジ」にも「5年の科学」にも載っていない、珍しい話が。

「ソ連、知ってるだろ？　あそこは昔、戦争で兵隊がたくさん捕まって捕虜にされたんだ。捕虜ってわかる？　まあ、チェスで取った相手のコマみたいなもんかな。まあ、その捕虜たちに服が支給されることになったんだよ。下に着るズボンだのもんぺだのと、上に着る服——まあ、トレーナーとかかな——合計で三枚だけ選んでよかった。上二枚・下一枚の組み合わせと、上一枚・下二枚の組み合わせ、お前ならどっちにする？　はい、智徳《とものり》」

先生はそこまで一気に喋ると、教卓の真ん前に座っているともっぺに話をふった。ともっぺはふざけるに決まっている。予想通り「上三枚のフリチンルックにしまあす！」という元気な答えが返ってきた。先生はナチュラルにそれを無視して、教室を見渡した。

「上二枚だと思うだろ、お前ら？　上には心臓があるもんなあ。でも、助かったのはズボンを二枚重ねばきしたほうだ。ズボン一枚の奴は寒さで死んでしまった。下半身はあんがい大事だってことだよ。智徳みたいなのは、一番に死にます」

教卓の上からともっぺを指して言い切る。宣告されたともっぺは「げえ」と腹を押されたカエルのような声を出し、周りの男子たちが嬉しがってけらけらと声を立てた。私は大真面目に、長い人生捕虜になることだってあるかもしれない、その時には必ずこの話を思い出そう、と胸に誓っていた。

先生はその話を、「女子は特に下半身大事なんだから、冷やすなよ」と言ってしめくくった。それで、そもそも話のきっかけがミニスカをはいている茜ちゃんだったことを思い出した。茜ちゃんのほうをそっとうかがってみる。すぐ前に座った彼女の背中からは、鼻で笑っているような空気が漂っていたけれど、少し傾げた首はちゃんと先生のほうを向いていた。

結局、算数の授業は二ページしか進まないまま四時間目終了のチャイムに割り込まれた。先生はいさぎよく教科書を閉じて、「給食当番、行くぞう」と呼びかけた。廊下側の子たちが立ち上がり、先生についていく。職員室も食堂も一階にあるので、四時間目が終わると先生が当番を引き連れていくのだった。

その集団が教室を出たタイミングで、茜ちゃんの声が聞こえた。

「先生、まぁたスケベなこと言ってたね」

彼女の横には、いつの間にか塔子ちゃんと李奈《りな》ちゃんが居た。「ああ、『女子は下半身大事』発言ね」「エローい」と小さな声で喋っている。私はすぐ前に居るその三人の輪に入っていこうとしたのだけれど、どうして「下半身大事」が「スケベ」になるのか十秒くらいじっと考えてもわからなかったので、行くあてもなく席を離れた。

二月にしては寒くない日だった。いつもは窓際の暖房に寄ってできる人の輪が、教室じゅうに均等に散らばっている。その中から、この間まで隣の席だったチコちゃんを見つけて、ふらふら近付いていった。彼女は他の女の子たちと頭を寄せ合って何かをのぞき込んでいた。

「何見てんのー？」

声をかけると、チコちゃんを含む数人から「編み物の本」「編み物」「マフラー」とばらばらに答えが返ってきた。みんなが取り囲んだ机の上には、雑誌のカラーページが広げられている。「バレンタインは手作りプレゼントもあり？」という見出しの下に、きれいに編み上がったマフラーや手ぶくろの写真があった。

「毛糸ってどれくらいすんの？」

誰かのつぶやきに、チコちゃんが答える。

「すずのねモールの百円ショップで売ってるよ。色数少ないけど、一玉百円で買える」

その言葉に、机を囲んだ四、五人の女子は「やっすい」「じゃ、マフラー百円で作れるの？」と、いっせいにどよめいた。

「いや、一玉でマフラー一本編めるわけじゃないから、もうちょっとかかるけど」

みんなの反応に慌てたようにチコちゃんが付け加えると、さっきの盛り上がりと逆のカーブをたどって、「なんだあ」「どっちみち二百円や三百円じゃどうにもなんないねえ」とため息が聞こえた。

私はそのテンションの波の上下にまるでついていけず、目を泳がせていた。毛糸一玉＝百円、という事実に対して、何の反応も返せなかったのだ。自分の人生と毛糸とのあいだに関係を見いだせない。ソ連の捕虜のほうがまだ関係があるような気がする。

輪の中から顔を上げてこっちを見たチコちゃんに、私はしまりのない笑みを返して、一歩引いた。

「今日の給食、山菜うどんだってて っ、いいにおいするよねえ」

右足を引きながらそんなことを口走っていた。マフラーとも毛糸とも関係ないことだった。そもそも山菜うどんのにおいなんか、カレーじゃあるまいし三階の教室まで漂ってきたりしない。しまった、と思ったのに、目が合ったチコちゃんはにっこりして「汁がねえ。ダシがよくてねえ」と言ってくれた。チコちゃんは気を遣ってくれる子なのだった。

私はそれ以上彼女の気遣いに甘えるのが悪い気がして、後ろ歩きでその輪を離れた。ついでに自分の席に戻って箸の入った給食袋を取ると、ひと足早く教室を出た。

廊下では例によって男子が雑巾《ぞうきん》野球をしており、あの雑巾球に当たらないようにと気を付けて歩いていったら、後ろに引いたバット（つまりホウキ）を後頭部に当てられた。痛くはなかったものの、ゴミを掃くしっぽの部分がもろに頭にかぶって、バッサと音がした。

「うわっ、ごめん！」

バッターは近所のイシバタだった。イシバタは一瞬ひっくり返りそうな声を出して振り向いたけれど、私の顔を見るとけろりと顔色を元に戻した。

「なんだ、センか」

その反応にむっとして「なんだ、って何さ」と言い返したけれど、イシバタは「悪い悪い」と形だけの挨拶《あいさつ》のように口にして、すぐピッチャーのほうに向き直った。私としても、そうされると何も反抗しようがなかったので、踵《きびす》を返して階段を下りていった。

なんだかひどく手持ちぶさただった。食堂に行っても準備の邪魔になるだけだろうから、校舎の中をふらふらしようと思ったのだけれど、二階の図書室前は下学年の子たちの声がわんわん響いてうるさかったし、体育館に行っても面白いものなんかありっこないし、結局私は階段の踊り場を右に行ったり左に行ったりして、掲示板に貼ってある保健委員会の書いた読み物を十一回読み返すはめになった。コーラに含まれる砂糖の量は角砂糖にして何個ぶん、という豆知識を得たけれど、何個分なのかは食堂に入る頃には忘れていた。

全校児童が集まる食堂のテーブルは六人掛けで、教室の班単位で座ることになっている。さらに一週間ごとに、担任の先生の位置が移動して、だいたいひと月に一回は先生を囲んで給食を食べる決まりだ。

その週はちょうど私の隣に先生が居て、班のみんなはよく喋った。私がうどんを食べ切ってどんぶりを抱えると、向かいに座った茜ちゃんが「センちゃん、汁まで飲むのっ？　身体に良くないって〜」と言って笑った。茜ちゃんが私に笑いかけてくれたのはずいぶん久しぶりのことだった。私はなんとなく嬉しくなって、さっきの時間の空費を忘れた。

「茜ちゃん、汁残すならちょうだい」

「……センちゃん、もうちょっとプライド持ちなよ」

私たちの会話を聞いて、大場先生が「だははっ」と声を立てて笑った。

「茜ほどプライド持っちゃあ、それはそれで人生困難だな」

先生の言葉に茜ちゃんは「先生ひどーい」とわめいたけれど、端の歯まで見えそうなくらい上機嫌に唇を引いていた。

給食の終わりの放送が流れて、みんなが席を立ち始めると、先生がこちらを向いて早口に言った。

「センリ、お前ちょっと残って白髪抜け」

先生が給食のあとに「白髪抜き係」を任命するのは珍しいことではなかった。男子女子問わず、人が引いた食堂に残って、先生の若白髪を抜かされているのを見たことがある。この前はチコちゃんがやる傍で、私も残って見ていたのだった。

私はうなずいて、食器を片付けるために一度席を立った。と同時に、茜ちゃんが向かいの席から身を乗り出して言った。

「理科にサービス点つけてくれるなら、あたしがやりますけど？」

大場先生はジャージのポケットを探りながら、目を落としたまま「つけません」と答える。そこにちょうどお盆を持った李奈ちゃんがやってきて「茜、トイレ行こ」と声をかけたので、茜ちゃんは黙って立ち上がった。


全校児童二百人以上ぶんの食器は各学年の給食当番によっててきぱきと片付けられ、十分も経たないうち、食堂のテーブルはまっさらになった。拭かれたばかりのテーブルは、使い始めのノートのように白い。人影も少なくなり、あとは給食委員が配膳室の掃除をしているだけだ。

私は先生の後ろに立って後頭部を見下ろしていた。左手にはすでに、抜いた白髪が四本入っている。

「あ、また発見」

ひかるものを見つけて手を伸ばすと、先生はテーブルの上の煙草を取りながら、「ん」と言った。ぷつんと抜いてやると、小さく「イテ」という声が返ってきた。

「あんまり抜くなよ、ハゲるから」

先生は矛盾したコメントをよこすと煙草に火をつけた。私は「はあ」と生返事をして、抜いたばかりの白髪を見る。ひかりにかざすと、白髪は太いところと細いところがあるのできらきらした。窓の外は明るいけれど、ぼちぼち雪が降り始めていた。まだ、こぶりな雪だった。

胸の下の少し先で、先生がプーッと大きく煙を吐く音がした。

「センリ、お前、友達いねーの？」

「別に。みんな友達だと思いますけど」

「だよな。普通にみんなと喋ってるよなあ」

先生は大きく息を吸う。一瞬、肺が鳴るようなかすれた音が聞こえた気がした。配膳室のほうで、かた、とプラスチックの食器がぶつかった音が響いた。静かだった。

「……何で、踊り場うろうろしてたの」

先に口を開いたのは先生だった。私は白髪をもてあそんでいた指先を止めて、先生を見た。先生の後頭部は表情を変えない。多分、顔を見たっていつもの眠そうな目があるだけだろう。

「何でだろう」

私は思ったことをそのまま口にした。先生は「あ、わからんの？　自分で」と相変わらずの口調で言った。それでもう少し考えてみた。すでに遠くなりかけている、さっき持て余した時間のことを思い返してみる。

「茜ちゃんと喋ろうかと思ったけどやめて、チコちゃんのところに行ったらみんなで編み物の話してて、毛糸の重要性が私にはよくわかんなくて……」

出来事をたどってみたけれど、それ以上は出てこなかった。口にすると、「それ以上」なんてはじめからなかったような気もした。

先生は「あ、そ」と言ってまたケムを吐いた。苦味を含んだ香りが私の鼻まで届く。先生のにおい。ちょっとくたびれたようなにおいだ。私はその香りをもっと吸い込もうと鼻先をスンスン鳴らしてみた。先生が「ウサギっぽいよな、お前」と半ば独り言のようにつぶやいた。

窓のそばに降りかかった雪が、白いテーブルの上に影を落としていた。外の白い薄明かりでできた雪の影と、食堂を照らす蛍光灯でできた私と先生の影が重なっている。私たちのシルエットは、流れる雪の中にあった。

「煙草のにおい、好きか」

先生の低い声が言う。

「好きです」

「吸ってみる？」

先生はテーブルに目を落としたまま、煙草を持った右手を軽く掲げた。私の視線の先に、吸いかけの煙草が出される。火のついた部分がじりじりと燃えながら一瞬ごとに灰になる。それをじっと見つめているうちに、先生が肩越しに振り返った。無精ヒゲをごつごつした指がさすっている。目が合った。その瞬間私は、「はいっ」と元気な返事をして白髪を床に捨て、右手を差し出していた。

「アホか！」

先生は、自分から言ったくせに、やたらと慌てて私の手のひらを叩いた。ぱちん、という音がもう誰もいない食堂に響いた。

「冗談に決まってるだろ。いくら俺とて、五年生に煙草吸わせねえよ」

ふざけて花瓶を割ってしまった男子のように、先生は大きくした目をせわしなく動かしていた。私はちょっとの間、手のひらに残った「ぱちん」の残像というか残触というか、じんわりとした血液のしびれを感じていた。それで先生の様子を見ていたら、おかしくなって、声を立てずに笑ってしまった。

「お前なあ、先生をからかっちゃいかんよ」

肉付きの悪い頬を歪めて、先生がため息交じりに苦笑する。勿論私は、先生のことをからかえるほど頭の回る子じゃなかったけれど、弁解はしなかった。できなかったのだ。子どもみたいな先生を見た嬉しさで、それどころじゃなかった。

帰りには、粗く舗装された道に雪が積もっていた。まだ、足跡がアスファルトの色になるくらいの積雪だった。私は前をゆく茜ちゃんと塔子ちゃんの足跡を目でなぞりながら、ゆっくりと歩いていた。

雪は大きくなりながら降り続いていた。先を歩くふたりの足跡にも、目で追う一瞬に白い斑点《はんてん》が重なり、模様を描いていく。歩くうちに、徐々に指先が冷えてきた。手袋の上から息を吹きかけてあたためようと試みたけれど、無駄だった。息もすぐに冷えていく。でも目の前にある右手を見たら、さっきの先生の「ぱちん」を思い出して、幸せな気分になった。

前のふたりはいつになくはしゃいでおり、雪の上で器用にどつきあったりしていた。ふたりの会話は、きれぎれに私の耳に届く。「チョコ買う？」「手作り？」「お姉ちゃんに教えてもらって」……週明けに差し迫ったバレンタインの話をしているらしかった。

「で、塔子は誰にあげんの？」

「えっとね、とりあえず兄ちゃんでしょ、それから和也と、あと、ともっぺにもあげよっかなあ」

塔子ちゃんが言うと、茜ちゃんは彼女にさっと耳打ちをした。ここまで届かなかったけれど、そのひと言に塔子ちゃんがあからさまに動揺したのがわかった。「ちがーう、ちがうもん！」と腕を振ってわめく。

「そんなんじゃないよ、あれは単に幼なじみだって！」

「またまたあ」

茜ちゃんの声は楽しそうだ。でも、慌てている塔子ちゃんの声も、どこか嬉しい高揚感を含んでいた。こういう会話が、三年生くらいから二月になると繰り返され、私はいつもそれを黙って聞いていた。茜ちゃんと塔子ちゃんが、この「バレンタイン」という行事にはしゃぐ気持ちが、さっきのチコちゃんたちの毛糸の話のように、いまいち理解不能だったからだ。

男子にチョコをあげるのが「バレンタイン」だ、ということはわかる。でも、私はとりたてて仲の良い男友達なんか居ないし、近所の子にしても、イシバタのように、お互い居ても居なくても同じような感じなので、わざわざチョコレートをあげようとは思わなかった。

私はふたりの会話を風景の一部のように聞き流していただけだったのに、突然塔子ちゃんがこちらを振り返って言った。

「ねえ！　センちゃんは？　今年は誰かにあげないの？」

塔子ちゃんの、二つに結んだ髪の横で、耳が赤く染まる。寒さのせいではないと、私にもわかった。塔子ちゃんの隣で、茜ちゃんが軽く振り返った。彼女の猫目が、興味深げにこちらをうかがってひかった。

「私は」

あまりにとっさのことだったので、すぐに言葉が出てこなかった。ふたりは足を止めて、私の返事を待っていた。が、目の高さの雪が地面に消えるまでの間が経つと、茜ちゃんが上を向いた鼻をついと背《そむ》けた。

「センちゃんが、誰かにチョコあげるわけないでしょ。だってセンちゃんだもん」

それは、塔子ちゃんに向けられた言葉のはずだったのに、私にまっすぐ向かってきた。「だってセンちゃんだもん」――含まれた意味を探るより先に、その言い方自体にこめられたちょっとした軽蔑《けいべつ》、軽い憐《あわ》れみ、そして突き放し具合が胸を冷たくした。

「話そらそうとしてんじゃないの。ちょっと、塔子の本命って和也なんでしょ？」

何事もなかったかのように、茜ちゃんは長い髪をぱっと振って向き直る。茜ちゃんに軽く肩を叩かれながらも、塔子ちゃんは何か言いたげにこちらに視線を残していた。私は塔子ちゃんの視線を断ち切るようにぐっと地面を見た。やがて塔子ちゃんも前を向いて足を進め、またきゃあきゃあと嬉しげな声を立てて話し出した。

「じゃあ茜は？　茜の本命教えてくれたら、私も言ってもいいよ」

ふたりのランドセルの頭に積もった雪を、私は見ていた。そして三回ほど、茜ちゃんの声で「だってセンちゃんだもん」という台詞《せりふ》を脳内再生してみた。

だって「センちゃん」だと……何だっていうんだろう。私がみんなと違うっていうんだろうか。私がみんなのように男の子を好きになったりしないって、決め付けてるんだ、茜ちゃんは。

そんなことない——と一瞬考えたものの、確かに茜ちゃんの言うことは当たっている気がした。私にはみんなの、誰が好きだとかチョコレートあげたいとか、そういう気持ちがわからないし、これから先もずっとそうである気がしたのだ。

降る雪が、前のふたりと私を隔てていた。並んだ赤いランドセルが、白い薄い膜の向こうにあった。すごく、ひとりぼっちだ、と思った。

私のそんな物思いを断ち切ったのは、心持ち大きく発せられた茜ちゃんの言葉だった。

「あたしね、先生にチョコあげようかと思ってんの」

「ええ？」

茜ちゃんの声も大きかったけれど、驚いた塔子ちゃんの叫びはもっと大きく、雪の小道に広がって空に消えた。集落の境目にさしかかり、家の並びが途切れたところは、山すそまで雪でけぶって真っ白になっていた。

「先生って、それは義理でしょ？」

塔子ちゃんの問いに、茜ちゃんは答えない。その代わりのように一瞬、肩越しにこちらをイチベツした。

「クラスの男子のお返しなんて、タカが知れてるしね。――ああ、塔子みたいに心に決めた人がいれば、お返しなんて関係ないけど！　あたしは、別にめちゃくちゃ好きってほどの人いないんだもん」

茜ちゃんが淡々と言い、塔子ちゃんはわかったようなわからないような「ああ……ああ？　うん」という声をもらした。それから、「ちょっと、だから私、和也のことは何とも――」と言いながら茜ちゃんの腕を取り、ふたりはまたもつれあいながら歩き出した。

私は呆然として、ニット帽をかぶった茜ちゃんの後ろ頭を見ていた。茜ちゃんの言ったことは、私にもよくわからなかった。茜ちゃんは単にお返しねらいで先生にチョコをあげるのか、それとも先生のことをある程度は（塔子ちゃんが小さい頃から仲良くしている和也くんを好きなのと同じくらい）好きだということなのか、ぴんと来なかった。

でも、一つだけわかったことがある。先生にチョコをあげるのは「アリ」なのだ。何も、クラスの男子や家族だけじゃなく、先生にだってあげてもいいのだ。知らなかった。

十字路まで来ると、私はふたりにバイバイを言って別れた。そして、自分の集落までの砂利道を、給食袋をかたかたいわせながら走った。胸がたくさん鳴って、ほっぺたに熱い血を送り込んだ。息は白く、出ては後ろへ流れた。

翌日は金曜日だった。始業前、私は窓際の暖房に手をかざしながらチコちゃんとお喋りしていた。チコちゃんは例によって、どんな話でもにこにこと聞いてくれるのだった。

「で、そこに『幸楽』のだんなさんが来てさあ……」

私は昨日の「渡る世間は鬼ばかり」について話していた。チコちゃんは「そうなんだあ。そうなんだあ」と要所要所、うなずいていた。

そこに李奈ちゃんがやってきた。暖まりにきたのかな、と思って、私たちが「おはよう」と言うと、彼女はそっけない返事をし、一枚の紙切れをチコちゃんに差し出した。

「これ、茜が女子全員に回せって。チコちゃんとセンちゃんで最後だから、見たらチェック入れて茜に返してね」

用事が済むと、李奈ちゃんはすばやく机の間を抜けて他の女の子たちのほうへ行ってしまった。私はチコちゃんが受け取った紙切れを、横からのぞき込んでみた。

紙は、白い猫のキャラクターが印刷されたメモ用紙だった。上のほうに十三人の名前と、読んだら印をつけるらしいチェックボックスが書き入れてあり、一番下には「このかいらんばんを回した人↓あかね」とあった。クラスの女子は全部で十四人、茜ちゃん本人を含めて全員の名前が回覧メモに書き入れられていた。よくやるなあ、と感心したものの、回覧の本文はほんの数行だった。

〝女子全員にお願い　先生にチョコあげたいので、みんなは先生に義理チョコとかあげないでね。私のも義理だと思われると困るよ～（泣）〟

それは一見、健気な「お願い」に思われた。チコちゃんが私の耳元に囁く。

「え、茜ちゃんて先生のこと好きなの？　全然知らなかったよね！」

私はその言葉に、首を曖昧な感じでななめに一度振り、顔を上げた。教室の後方、ロッカーの辺りに二、三人の女子と一緒にいる茜ちゃんと目が合った。茜ちゃんは私を観察するように、感情のない視線を投げかけていた。黒いハイソックスの上でさらされた膝こぞうも、一緒にこちらを向いていた。目を逸らすのも気まずくて、私は気を配りながら三秒くらい彼女の目を見つめ返した。それからチコちゃんのほうへ顔を向けて、また「渡る世間」について話し始めた。


次の休み時間、珍しくひとりでトイレに向かった茜ちゃんを、廊下で呼び止めた。回覧メモを返すためだった。

「はい、これ」と紙切れを差し出すと、茜ちゃんはじっと私の目を見た。気迫がこもっていた。

「センちゃんも、わかったよね？」

メモだけ渡してすぐ教室に戻ろうと思っていたのに、茜ちゃんからそんなことを言われてひるんでしまった。「わかったよね？」というのは勿論、「先生にチョコ渡さないよね？」という意味であることくらい理解していたけれど、私は黙った。

「ねーえ、センちゃん」

彼女が念を押した、その言い方はあくまでかわいらしく、脅《おど》しているふうではなかった。けれども私は、ちょっとむっときた。

昨日は「センちゃんだもん」とか言ったくせに。私のことを馬鹿にしたくせに、一見健気なやり方でけん制してるじゃないか。

私は改めてメモを見た。「女子全員にお願い」と書いてあるものの、それは事実上「女子全員に命令」なのだった。自分に逆らう子はいないと、茜ちゃんはちゃんと知っている。

「あたし先生にチョコあげる」

私は紙切れを茜ちゃんに突き出したまま言った。茜ちゃんはさも驚いたふうに「ええ？」と声を上げた。丁度、昨日塔子ちゃんがしたように。

「何で？　センちゃん」

私は苛々して、紙切れを茜ちゃんの胸に押し付け、そのまま踵を返した。

そしてその日、茜ちゃんと塔子ちゃんは私に声をかけずふたりで帰った。小学校に入って五年で、初めてのことだった。

日曜日、家族にくっついて行った国道沿いのスーパーの隅で、私はポケットに手を突っ込んで立ち尽くしていた。いつもは箱入りのペットボトルがどかどかと積まれているだけの殺風景な空間に、英語で「バレンタインデー」と書いてある（たぶん、そう読むのだと思われる）金文字の看板がつるされ、発泡スチロールを切ってつくられた平べったいハートがぺたぺたと棚に貼られている。並んでいるのは勿論チョコレートだ。だけど、赤や緑のアルミ箔の両端をきゅっとねじって個包装されたチョコレートたちは、いかにも安っぽく、ただ箱の大きさに比例して値段がつけられているように見えた。

なんだかなあ、とは思ったけれど、そのなかから三百円のやつを選んで取った。煙草を模した横文字入りの箱に入っている、スティック状のチョコレートだった。振ってみると、コトコトと本物の煙草のような音がした。私はもう、他のチョコレートを見ないでそれをカゴに入れた。

そのまま特設のチョコレート売り場を離れ、通常のお菓子売り場に向かって突っ走った。そして、普通のお菓子をぼんぼんカゴに放り込んだ。カモフラージュのつもりだった。お母さんや妹や、もしかして通りかかるかもしれないクラスメイトにも、煙草のチョコレートの存在を知られたくなかった。

私はその日の夜のうちに、ランドセルの横にくっついた給食袋にチョコレートを忍ばせた。ふと、同じようにランドセルにチョコレートを入れているだろう茜ちゃんのことが思い浮かぶ。茜ちゃんはきっと、スーパーの隅の特設会場なんかじゃなく、いつもかわいいメモ帳を買うような雑貨屋さんで、チョコレートを選んだんだろう。でも、私の煙草チョコはそれに負けてない。先生に似合うものを選んだんだから。

次の朝はひどく冷えた。鼻をすすりながら教室に入ると、さっそくそこここでチョコレートの贈呈《ぞうてい》がおこなわれていた。みんなを笑わせるのが得意なともっぺは、もう五個くらいのチョコレートを集めてはしゃいでいる。私が席につくと、隣の男子が「センリ、俺に義理チョコは?」と訊いてきた。「ない」と答えてやると、彼は「ケチ」と横を向き、反対隣の男子とゲームの話を始めた。それでも落ち着かない様子で、傍を女の子が通るたびに友達とふたりしてちらちらと目をやった。

手持ちぶさたに外を眺めていると、チコちゃんが他の女の子と一緒に暖房の傍にやってきた。私が「おはよう」と声をかけると、チコちゃんは返事をせず、暗い顔でうつむいた。隣の子が、チコちゃんの肩をぱんと叩いて窓のほうを向かせた。

あーあ、と思った。週末のうちに、茜ちゃんが電話を使ってみんなに私を無視するよう「お願い」したんだろう。ある程度は予想できたことだったけど、チコちゃんに無視されると悲しかった。けれども、頬杖をついて前の席を眺めているうち、だんだん茜ちゃんへの苛立ちがまさってきた。前の席——茜ちゃんの机には、まだ教科書がない。冷たい鉄の棚が、ぽっかりと口を開けているだけだ。

私は教室を出た。茜ちゃんを玄関で待ち伏せてひとこと言ってやろうと思ったのだ。ひきょうもの、先生がこれを知ったらきっとあんたにがっかりする、とか、彼女を傷つけるための言葉を考えながら階段を下っていると、下から駆け上がってくる足音が聞こえた。

次の瞬間、私は走ってきた茜ちゃんと踊り場で出くわした。あんまりびっくりして、考えていた言葉が全部飛んでしまった。茜ちゃんは私の顔を見ると、「あ」と小さく声をこぼし、そのまま顔を伏せて走っていった。信じられないほど速いテンポの足音が、底冷えする階段にしばらく反響していた。

私はその場に立ち尽くした。茜ちゃんは、顔を真っ赤にして目をつりあげ、でも涙をこぼしそうなほど瞳をうるませていたのだ。

あとで聞いて知ったことには、茜ちゃんは朝、職員玄関で先生を待ち伏せたのだという。やってきた大場先生にチョコを差し出したものの、先生はあっさり、「生徒からのチョコは受け取れん」と言って職員室に消えてしまった。その話を聞くと、女子たちはみんな口々に「ひどい」「冷たい」と騒いだ。先生が教室に入ってくると、空気がこわばった。朝の挨拶は、ほとんど男子の声しか聞こえなかった。

茜ちゃんは一時間目が始まっても、ずっと横を向いていた。私は時折、彼女を盗み見た。茜ちゃんは、怖い顔で外を見ていた。外は吹雪《ふぶ》き、空がひょうひょう鳴っていた。教室で、茜ちゃんは怒っていたけど、泣いたりはしなかった。私はさっき踊り場で見た真っ赤な顔を思い出し、帰り道で聞いた「お返し」の話はあくまで照れ隠しだったことに気付いた。

給食をゆっくり食べて、食堂に残った。先生へのチョコは、まだ給食袋に忍ばせてある。茜ちゃんの件を聞いてやめようかと迷ったけれど、一応渡すぶんには渡してみようと思ったのだ。けれど、給食を食べ終わったみんながいなくなった後で辺りを見回すと、先生の姿も消えていた。週が変わって、先生が遠い席に移動したので、見逃していたんだろう。

慌てて職員室に走っていって、ドアの窓からのぞいてみた。でも、先生の姿はない。

どうしたものかと、食堂に戻ってうろうろしていると、搬入口のガラス戸の外に人影が見えた。先生だった。吹雪に吹かれて髪をいっそうぼさぼさにし、煙草を吸っている。

「先生」と呼んでガラス戸を開けると、粉雪が吹き付けた。搬入口には屋根がかかっているのに、この風でだいぶ雪が舞い込んできていた。先生は振り向いて「お、見つかっちゃったな」と言った。

食堂の裏は駐車場になっていて、高いフェンス越しに海が見える。ものすごい海鳴りだった。顔にかかる雪は、飛んできた波しぶきが混じっているのか、わずかに辛《から》い。雲は低く垂れこめているのに、それでも空は高く遠く、白い。

「何でこんな外にいるんですか」

私は口元についた雪をぬぐって尋ねた。先生は「何となくね」とつぶやいて、短くなった煙草を足元に放った。それから私を見て「あ、コレあとでちゃんと拾うから」と付け加えた。

私は後ろ手にガラス戸を閉めた。先生は不自然でない程度に黙っていたけれど、眉間に深いしわがあった。海の向こうをにらんでいた。

「茜、何か言ってた？」

吸殻を踏みつけて先生が言った。雪がかかったコンクリートの上に、黒い灰がこぼれる。私は何とも言うことができずに口をつぐむ。どん、と岩場で波のくだける音がする。

先生は、私が黙っているのを別の意味に取ったらしかった。ポケットから煙草を取り出し、顔を崩して笑う。

「子どもの頃から怖いねえ、女子は」

私はくすりと笑おうと喉を動かした。が、先生の次のひと言にさえぎられた。

「……ごめん、お前も女子だな」

思い出したような言い方で、不意に胸が痛む。そこに追いうちをかけるように先生が続けた。

「去年は、いくらか義理チョコもらっただろ。それ見つけて、彼女がぴいぴい騒いじゃってさ。今年から一切持ち帰んないことにしたんだよ」

脈が速く打つ。でもそこに、先生にチョコを渡そうと思いついた時の心地よさはない。彼女、なんていうフレーズが、先生の口から普通に出たことに対する驚きを、必死で隠しながら言葉を探した。

「茜ちゃんに、そう説明したらよかったのに」

右の頬が、雪で冷え始めている。先生は「うん、まあ、そうかな」と曖昧な返事をして、ライターを取り出した。こんなところで煙草に火がつくんだろうか、と私は頭の隅で思う。

先生は煙草をくわえると、風雪から守るように左手を顔の前にかざして火をつけた。ライターの火が、一瞬先生の横顔をオレンジ色に照らした。私はその大人らしい仕草に見入ってしまう。先生は深く深く、煙を吸い込む。そして吐き出す。煙は空へ飛び去る。

「センリのチョコも、もらわんよ」

きわめてあっさりした言い方だった。でも先生の眠たげな目は私の右手にぶらさがった給食袋を的確にとらえている気がした。私の、気のせいかもしれないけれど。

「そんなの、持ってませんよ」

給食袋が、きっちりと煙草のチョコレートのぶん重い。風が吹きすさぶ海の上を、鳥の影が飛んでいくのがかすかに見える。私は、口の中に生まれた苦味を嚙み殺しながら、しばらく海を眺めていた。先生も黙っていた。

私のチョコなら受け取ってくれるんじゃないかという期待があった。でも、先生から見たら、私も茜ちゃんも、おんなじ教え子でしかないのだ。どうしたら茜ちゃんより特別になれるだろう、どうどう鳴る波を見つめながら、私は必死で頭を動かす。

——ちょっとでも特別になりたい。先生の、お気に入り程度でもいい。

「先生」

私は先生の袖を引いて言った。

「煙草、吸わせてください」

先生はぶっと煙を吐き出した。「ばあか、お前、これ苦いんだぞ？」と呆れたように口を歪める。それを無視して、私は「誰も見てませんて」とだけ言った。先生は少し目を泳がせた。吸いさしの煙草をこちらへよこす。

「むせるぜ、どうせ」

顔の前に差し出された煙草を、私はそのままぱくりとくわえた。口の中にうす苦い煙が流れ込む。そこで息を吸って、煙を肺に落とした。苦しくて、すぐにぶっと吐き出した。先生は煙草を取り上げ、声を立てて笑った。「ほら見ろ、ガキめ」と。

そうして先生はしゃがみ込んで、私の目の下をちょっとぬぐった。

「慣れないと、煙が目に入んだよな」

先生のがさついた指の上にのったそれは、勿論煙の涙とは違ったのだけれど、たぶん気付かれなかった。涙は風に飛んで消えた。

――私はとびきり良い子になろう。そうして、先生のお気に入りになるんだ。

さっきくわえた煙草の湿り気をはんすうするつもりで、ぺろりと自分の唇を舐《な》める。それを見て先生は、目尻に短いしわを作った。なんにも知らないで笑う先生を、少しだけ恨めしく思う。噛み締めた歯の間から息を吐いたら、苦い臭いがかすかに混じっていた。

夜の朝顔

夢を見た。朝顔のつぼみを、両手でつつんでいる夢だ。

右手の指と左手の指を、わずかでも離れることのないようぴっちりとくっつけて、私はつぼみを隠している。誰の目から？

青いプラスチックでできた朝顔の鉢をはさんで、私の正面にしゃがんでいるのは、隣の席の杏一郎《よういちろう》だ。私はつぼみに目の焦点を合わせているから、すぐ前にある顔も視界に入らないのだけれど、日焼けしてあちこち粉を吹いた真っ黒な膝こぞうは、杏一郎のものに間違いない。だから私は確信を持って「杏一郎」と名前を呼ぶ。そして朝顔に目を落としたまま言う。

「朝顔のつぼみのグルグルは右巻きでしょうか、左巻きでしょうか？」

クイズ風に訊く。でも私も、朝顔のつぼみのグルグルがどっち巻きかなんて知らない。どっちだろう、杏一郎は案外知っていてズバッと答えたりするのかな。

顔を上げると、杏一郎がまっすぐ過ぎるくらいまっすぐに私の目を見ている。そして期待通り、迷いのない答えが返ってくるのだ、「左」と。

目が覚めてすぐ、軽い罪悪感に襲われた。

――しまった、男子の夢なんか見ちゃった。

こういうのって杏一郎のこと「好き」っぽい、ひとに話したらきっとそう言われてしまう。

でも私は杏一郎のことなんか好きじゃない。杏一郎は、体育ができるからってイバってる。彼と同じ白組で、なおかつクラスで一番ぐずな私は、集団競技のたびに怒鳴られる。そのくせ、算数の時間となれば、コロッと態度を変えて「プリント見して、最後の一問だけでいいからさあ」なんて甘えられるし。

頭の中でブックサ言いながら階段を下りて洗面所に向かう間に、今日の一時間目が体育であることを思い出してしまった。一気に目の前が暗くなる。

そんな私の絶望などおかまいなしで、洗面所ではお母さんと妹のチエミが言い争いをしていた。

「みどりちゃんみたいに長い髪にしたいんだもん！」

「バッカね、あんたは短い髪が一番似合うの！」

私は「おはよう」と言いながらその横を通り抜けて洗面台にたどり着き、自分のタオルを取った。お母さんとチエミは一瞬こっちを見て「おはよう」と言ったけれど、すぐに言い合いに戻ってしまう。

「だいたい、長くしたら洗うのも乾かすのも面倒じゃない」

「ほら、お母さんは結局自分が面倒だから反対するんだ！　それくらいもう自分でやれるよ、子どもじゃあるまいし！」

「四年生は子どもです！」

チエミは最近、髪を伸ばしたくて頑張っている。すごく小さい頃、まだ身体が弱かったチエミは髪を長く伸ばしていて、それはそれは絵に描いたようなか弱い女の子だった。今ではあの頃が嘘みたいに日焼けして、募金のCMに出てくる「アジア・アフリカの子どもたち」と同じ外見になっている。髪もいつの間にか短くなっていた。

髪型なんてそんなに気にすることかなあ、でもお母さんもそれぐらい許してやったらいいのになあ、と思いながら顔を洗って振り向くと、ふたりはまだぎゃんぎゃんやり合っていた。朝から元気だこと、とぼんやり眺めていると、首根っこをつかまれる勢いで言い合いに巻き込まれた。

「ほら、センを見なさいよ。髪伸ばしたいとか余計なこと言わないから、ちゃんと勉強ができて、それで先生にかわいがってもらってるじゃないの！」

お母さんが私を引き合いに出したのだった。わけがわからないままタオルを持って突っ立っている私を、チエミは軽くイチベツした。小さな鼻をちょっと上向きにして、生意気に笑う。

「ねえちゃんくらい見た目にかまわない人なんていないよ。寝ぐせも直してこない六年生の女子なんて他にひとりもいないって」

何も言っていないのに、いきなりこてんぱんにされてしまった。右を見ると、壁に張り付いた「岩田板金工業」の名前入りの鏡の中で、私の後頭部の髪がひとふさ、鉄腕アトムのように跳ね上がっている。

——寝ぐせ……。

確かに私は寝ぐせを直さないで学校に行く。直し方がよくわからないし、そんなことにかまっていては遅刻するからだ。

でも、言われてみるとみんなの頭には寝ぐせがついていない。男子は、坊主頭の角がつぶれていたり、襟足があっちを向いていたりするけれども、女子はみんな走れば踊るようなさらさらとした髪をしている。

私は鏡の中の「アトムの角《つの》」を凝視したあと、洗面台の横に無造作に転がっているばあちゃんのヘアブラシを手に取った。パーマ液のつんとしたにおいの漂うそれを、寝ぐせのついた部分に引っかけてみる。でも、それで何がどうなるわけでもない。本当はどうにかなるのかもしれないけれど、私にはそのやり方がわからない。

お母さんが慌てて、「センはそんなこと気にしなくていいの！」と言ったけれど、もう遅かった。後ろ頭がむずむずして、何だか足の指先まで痒《かゆ》い気がし始めていたのだ。

――六年生で、私だけ。

チエが余計なこと言うからねえちゃんが、と鏡の中でお母さんが後ろを向いた。でも、逃げ足のはやいチエミはとっくにその場から消えていた。

「角」を時々ついて確かめながら学校へ行った。実は寝ぐせなんて、こうして過ごしているうちに消えてしまうのではないかと思ったけれど、学校に着くまで確かにそれは存在し続けた。登校班で班長をしている私の、ふたつ後ろにはチエミが居て、その目線が寝ぐせを触る私の手に注がれるのがわかった。チエミは結局謝ったり言い訳したりしなかった。姉の髪がおかしいのが事実だからしょうがない、とでも思っているんだろう。

教室に入ると、女子の半分くらいがあちこちにちらばってお喋りをしていた。私はみんなの髪型だけピックアップして見てみる。本当に、ひとりも寝ぐせのついている子は居ない。私の視線に気が付いて、自分の席から手を振ったチコちゃんも、耳の横できれいに髪を結っている。

私はチコちゃんに軽く「おはよー」と呼びかけ、とりあえず教室の隅の自分の机にランドセルを下ろした。隣の席で、手持ちぶさたに頬杖をついている杏一郎が「よ」と短く挨拶をしてくる。始業前には決まってサッカーか野球をしていて教室に居ない杏一郎が居るということは、グラウンドが使えないということだ。そういえば昨日は雨だったから、まだ地面が濡れてるのか、と思いつつ、「よ」と答えて手をあげる。そうしてその手を、そのまま寝ぐせのところへ持っていってしまった。

自分でその行為に気付いた瞬間、杏一郎の爆笑が聞こえた。

「それそれ、いっつもすごいよな、寝ぐせ」

「えっ」

——男子にまで変だと思われてたんだ！

軽くショックを受ける私。それに構わず、杏一郎は自分の坊主頭の隅に手をやって

「びよーん」などと言って笑っている。

「い、一時間目体育だし、髪なんか直したってまたボサッてなるもん！」

やっとのことで椅子に座りながら言い訳をすると、杏一郎は笑うのをやめて冷静に突っ込んだ。

「でもお前、体育ない日だって頭にその『びよーん』付いてるじゃん」

そのひと言で、私は、自分の寝ぐせが日々杏一郎に観察されていたことを知る。ほっぺたのまわりが急激に熱を帯びる。

だって直せないんだもん、と言いかけて口をつぐんだ。そんなことを言ったら余計バカにされる。

ぶうたれかけた私の横で、杏一郎がニッと笑った。

「まあ気付いてよかったんじゃないの。明日から直してこいよ」

この人は笑うと、端を糸で引っぱったみたいな目になる。あがりめさがりめねーこのめ、の「ねーこのめ」。

「うん、直す」

私はうっかりと、ふくらませかけたほっぺたの空気をぷっとはいて、そう口にしてしまった。ひそかに、杏一郎の「ねーこのめ」を気に入っているのだ。宿題やってこないのも、教科書忘れるのも、何だか「ゆるす！」って感じにさせられてしまうこの目。

——あ、「直す」なんて言っちゃった。寝ぐせの直し方わかんないのに。

でも、杏一郎に訊いたら意外と教えてくれるんじゃないか、と思って「ねえ」と切り出しかけたところに、チコちゃんが駆け寄ってきた。

「センちゃん、そろそろ更衣室行こう」

時計を見ると、一時間目が始まるまでまだ十五分もある。「早いんじゃない」と私が言うと、チコちゃんはいつになく強引に「いいから」と小さな手で私の手首を引いた。私は杏一郎に目線を送ってみたけれども、杏一郎もちょうど入ってきたともっぺにゲームの話を振られているところだった。

着替えが終わってから、チコちゃんはトイレに私を引っぱっていった。手洗い場の小さな鏡の前に立たされた。

「センちゃん、毎日ちゃんと髪とかしてる？」

鏡に映った私の目を見て、チコちゃんが問う。私は少し間を置いてから「一応」とこたえた。チコちゃんは「一応」の中身を見透かしてか、大げさなため息をついた。

「これは、『とかしてる』って言わないの」

普段は全くと言っていいほど自己主張をしないタイプのチコちゃんにそう言い切られて、だいぶびっくりした。鏡の中のチコちゃんを見る。チコちゃんは、お尻のポケットの辺りをもぞもぞとやって、赤いプラスチックの櫛《くし》を取り出した。小さな円盤みたいな櫛だった。

そうして彼女は、包帯のごとく頭にしばりつけただけの、私の白いハチマキに指をかけた。ほどく。代わりに真っ赤な櫛を髪に入れる。さくり。

「じっとしててね」

小声の指示に、私は黙ってうなずく。

赤い櫛が、私のからんだ髪の束をゆっくりと割っていく。それは意外と簡単にほどけた。チコちゃんがといたところから、髪がさらさらと軽くなっていく。鏡に映るチコちゃんは、真剣に、なおかつやさしく、私の後頭部を見つめていた。

しんとした体育館の隅のトイレに、櫛が髪を割るかすかな音が続く。すぐ隣の更衣室からか、女の子たちの笑い声が聞こえるけれども、それは私たちの空間を邪魔しない。

灰色のタイルに囲まれ、しょっぱいにおいのする狭いトイレで、大事な魔法の儀式を受けている気が何故かした。ティンカーベルのようなかわいい妖精《ようせい》によって、異世界へ行くための魔法をじっくりとかけられているような。

チコちゃんは、「アトムの角」のところに差しかかると、水道の蛇口をひねって櫛を軽く濡らした。ちゃっちゃっと櫛を振るって雫を落とすその仕草に、思わず見入ってしまう。

「すごいね、チコちゃん」

そう言うと、チコちゃんはちらっとこっちを見てから、ちょっと照れたように目を伏せた。「普通だって」とつぶやく。

私はもったいぶって目を閉じてみた。するりするり、ひとときごとに、頭が軽くなっていく。頭だけじゃない、爪や眉、あるいは私の胸の底にきゅっと固く締められているネジのようなものなど、身体の小さな部品が重みをなくしていく気がする。

目を開くと、ヘアバンドのようにきれいにハチマキを巻かれた私がいた。奥の方にひとつだけある、すりガラスの窓から入るかすかな光が、私の頭に淡い輪を描いていた。チコちゃんの茶色がかった髪にも、同じ輪がのっかっている。鏡の中の私にめくばせをして、チコちゃんはにっこり笑った。はいおしまい、とでもいうように口を開いたと思ったら、笑った顔のままこう言った。

「杏一郎のこと、好きなんでしょ」

私は振り返って、鏡の中のじゃないチコちゃんを見た。チコちゃんは、悪いものの混じらない瞳で、じっと私を見ている。ふざけて言っているわけじゃない。たぶん、さっきの「寝ぐせ」のやりとりを見られていたのだ。それがわかると、頭の軽くなった私は、うっかりウンとうなずいてしまいそうになった。それでもギリギリのところでとどまる。

「そんなわけないじゃん」

目の裏にちらついた、杏一郎のつり目の笑顔も振り切って否定した。体育の授業のたびに浴びせられる罵倒を一生懸命思い返す。リレーでの「のろま!」、サッカーでの「お前はただ走ってればいいから邪魔すんな!」などなど。

一番最初に浮かぶ杏一郎のイメージは、ぴしりと張った冷たい横顔だ。同じ男子でも、ともっぺなんかはへらへらと締まりない顔が、和也くんは良い子的に微笑んでいる顔が目に浮かぶのに、杏一郎といえば表情のない印象が先立つ。教室ではともっぺたちと一緒になってふざけていることが多いのに、笑っている顔が残らないのは、私にとって杏一郎が「チームリーダー」だからだと思う。バスケのドリブルさえまともにできない私は、体育の授業においてとんでもない足引っぱりだ。そしてその体育で、私は何故か杏一郎のチームに居ることが多かった。リレーで、ソフトボールで、サッカーで、私は何度も杏一郎の顔色をうかがい、そのたびに冷たい横顔を見た。

——そんな人を、「好き」になったりするわけがない。そうだ。

チコちゃんは時間があればまだまだ追及しようといった感じで、余裕の笑みを浮かべていたけれども、そこでチャイムが鳴ってくれた。

「ほら、授業始まるよ」

私が言うと、チコちゃんは笑った顔のまま「ちぇー」と言った。でも、助かった、と思ったのは一瞬だった。チャイムの後に待っているのは例によって杏一郎に怒鳴られる体育だし、それより何より、私は鏡の中にばら色の頬の自分を見つけてしまったのだ。

最近は陸上が多かったのに、昨日の雨でグラウンドが使えないという理由から、体育はバスケットボールだった。赤白黄緑、四組のリーダーがじゃんけんをして組み合わせを決める。一組九人なので、各組四人と五人にわかれて二回ずつ試合をすることになっていた。

「最初は黄組と。そんで二組目が赤組と」

私たち、白いハチマキの九人の真ん中に居るのは杏一郎。すっかり親分気取りで、腕組みをして立っている。杏一郎の脚は、昔のアニメのロボットみたいに直線的な逆V字形をして体育館の床を踏んでいた。

——ほら、何かと偉そうなんだよね。

ため息が出る。それが聞こえていたのかいなかったのか、杏一郎は私の肩を乱暴に左側へどついた。私だけでない、秩序なく群れている白組メンバーの肩をそれぞれどついて、ヒヨコのオスメスを分ける人のように、ぱっぱっぱっぱっと左右に分けていく。四人ずつに分けて、最後に自分が片方の横につく。これが杏一郎のチーム編成の仕方なのだ。

リーダーのやることに、誰からも文句は出ない。ちゃんと戦力が均等になるようにチーム分けがなされているからだ。白組で一番ぐずな私は、毎回、杏一郎と同じチームになる。

「じゃ、一試合目のチーム、がんばってな」

杏一郎が言うと、向かいの四人がうなずいた。私たちはコートの外に出て、壁際にくっつく。

先生の笛の音が体育館に響き渡る。私はその場に座り込んで膝を抱えた。いつもならチコちゃんが走り寄ってくるのだけれど、黄色いハチマキをしたチコちゃんはコートの中に居る。そして私の隣には、何となくの流れで杏一郎が立っていた。

さっきのチコちゃんの台詞を思い返す。自分の耳のすぐ横辺りに、杏一郎本人の日に焼けた膝こぞうがあるのに、意外とどきどきしたりはしなかった。やっぱり好きなわけない、と思い直す。

膝を抱えたまま、そっと見上げた。杏一郎は軽く腕組みをして、コートの中を見つめている。ある程度ボールの動きを追っているのに、杏一郎の目はぎらぎらしながら何かを見据えているように見えた。刀を構えたサムライみたいに。

「セン?」

隣に居ることを確認するように、疑問形で名前を呼ばれた。杏一郎の視線は相変わらずコートに向けられている。ぎっくりした私が「あい」と間抜けた返事をすると、杏一郎はコートを指さして言った。

「チコの居るところ、見てみ」

コートから目を離していた私は、すぐにチコちゃんを見つけることができない。左手——私たち白組のゴールの下に、ごたごたと人が集まっていて、その中から時々ぴょいとボールが弾き出される。でもチコちゃんは居ない。

私の戸惑いを察してか、杏一郎はこちらを見下ろして、「ゴールのとこじゃなくて、ほら、右」と教えてくれた。白と黄色のハチマキが入り乱れたかたまりから、だいぶ離れたところにぽつんとチコちゃんが居る。真ん中の白線より右手だ。

何であんなところに居るんだろう、と思った瞬間、ゴールの下から弾かれたボールが、勢いよくチコちゃんの方へ飛んでいった。黄組の誰かが強引にパスを出したのだ。少し外れたけれども、邪魔する人が居ないから、チコちゃんはやすやすとボールに追いついてそれをとる。ゴールの下から慌てて白組がダッシュを切るけれども、チコちゃんのところまでは距離がありすぎた。追いつかない。チコちゃんがゴールの下にたどり着いて、落ち着いてシュートを決める方が先だった。

ひゅう、と誰かの口笛が飛ぶ。チコちゃあーん、と黄組女子の声が上がった。その下で、杏一郎の声だけが冷静に私の耳に届く。

「部活やってないチコでも、アレくらいはできるわけだよ。予想外のところに立っていれば」

私がウン、と相づちを打つと、杏一郎はずるずると壁にもたれながらその場に腰を下ろした。目線が並ぶ。体育館の、吹き抜けの窓いっぱいに入る朝の陽を映して、杏一郎の目がこちらをのぞき込んだ。

「お前、アレやれ」

「ん？」

私が聞き返すと、杏一郎は「だから、今のチコみたいな役目をやれってことだよ」といささか早口に言った。

「はっきり言って、お前がボール追っかけて回ることにあんま意味はないから。ああいう風にみんなから離れたとこに居て、ぴょっと出たパスをとる！　シュートまでしなくていいから、とにかくとってそんで誰かに回す、っていうかもう俺が走ってくから俺に回す！」

秘密の作戦会議なはずなのに、杏一郎の声はどんどん勢いづいて大きくなった。私がぎゅっと口を結んでいると、杏一郎はふと我に返ったようにひとつ唾を呑んだ。それから声のボリュームをしぼって言った。

「……わかったか？」

すぐに返事ができない。杏一郎の真剣さに、目のギラギラに、呑まれてしまって。

「わかった」

私は、杏一郎がただ乱暴なだけの男子じゃないことをそろそろわかってきている。体育の時間、冷たく張っている顔は、ただ彼の真面目さをあらわしているだけなのだ。

なんにもできない私への苛立ちじゃなく。隣の席になって、初めて「国語の教科書忘れちゃってさああ」と言って「ねーこのめ」をした杏一郎を見た時から、私は徐々にわかり始めているのだ。

間もなく試合終了の笛が鳴った。四対二で黄組の勝ち。私たち白組の片割れが戻ってきた。比較的体育のできる笹本《ささもと》や裕《ゆう》ちゃんに、「ボールばっか追ってないで、コートの隅までちゃんと見る！」と杏一郎のゲキが飛ぶ。チコちゃんも額を拭いながら白線の外側に出てくると、私を見つけて手をあげた。でも、私の横に杏一郎が座っているのに目を留めると、そのまま手を振って他の女子の方に歩いていってしまった。

私はそれでやっと、トイレの鏡で見た自分のほっぺたのばら色加減を思い出す。戻ってきた人たちがめいめいに腰を下ろすと、試合と試合の間で、隣の杏一郎が発する空気がちょっとだけ緩むのがわかった。それで私はつい、思いついた言葉を口にしてしまう。

「杏一郎、私、朝と違うところない？」

言い終えた瞬間に、顔から火が出るのがわかった。自分の今の声色が、変に女子めいていなかったか、いつもの私からかけ離れてお芝居みたいになっていなかったかという恥ずかしさで。

その上、杏一郎がまばたきと返事を忘れてぽかんとしていたから、私はもう何が何やら、おでこの毛穴がバルブ全開、という皮膚感覚以外をなくしそうになった。

——間違った。絶対絶対間違った。

そう思った瞬間、杏一郎が口を開いた。

「髪だろ。きれいんなった」

私の目をまっすぐに見て、ごく当たり前、という感じでひと言。それはチコちゃんの赤い櫛のように、さっくりと私のからまった部分をほどいた。

杏一郎はすぐにコートに目を戻す。私もそれにならって、体育館の真ん中、先生が持ったボールを見た。ツルツルに磨り減ったボールが窓の光を照り返して、先生の手を離れる時を待っている。

朝顔のつぼみが右巻きか左巻きか、私は手を離して見てみる。そこにある鮮やかな青紫のつぼみは、杏一郎が言ったのとは逆、右巻きに花びらをきゅっとしぼりあげている。

でも、「逆じゃん」と言う間もなく、くるくるくるっと小首を回すようにして朝顔が開く。あっ、と思った。本当に、あっ、としか言いようがない。「気付き」とかいうレベルじゃなくて、それはきれいな発見だった。右巻きとか左巻きとか、青紫だとか、私が考えてもみなかったことが、朝顔の中に隠れていたのだ。一点の汚れなく伸びたまっしろな蕊《しべ》。

私は、白いね、と杏一郎に言う。杏一郎も、白いな、と答える。

そこで目が覚めたんだった。

暑くなる前の、でもしっかりしたまぶしさを持った光が、窓から差し込んでコートの中に四角いマスをつくっている。窓の外側についた体育館の支柱が、光る四角の中に大きなバッテンの影を描いていた。

その光の模様の上を、ボールを手にした杏一郎が駆け抜けていく。海も陸も関係なく自由に渡る冒険者のように。

私はさっきの指示通り、みんなが固まっているのと逆の方に動き、少し離れたところから杏一郎を見ていた。見ようと思って見ているんじゃない。ボールがたいていは杏一郎の手にあるから。

かわす。くぐる。渡す。走る。跳び上がって取る。

きれい、と思ってしまってから私は、わざと眉間に力を入れてみた。「ぐず！」とか「役立たず！」とかののしられた時のことを思い返してみる。何でこの人こんなにイバってるの、たかが体育の授業でそんなに怒られる覚えないよ、そう思いながら黙って唇を嚙んだ数々のシーン。反感。

——嫌い。

誰かが杏一郎のボールを弾く。ともっぺだ。赤いハチマキを巻いたともっぺは、意外な身軽さで逆のゴールに向かってドリブルしていく。みんなが一気にこちらへ動く。私はその流れに逆らって、白組のゴールの方へ走る。杏一郎とすれ違うけれど、あいつは私のことなんて見ちゃいない。ボールを追いかけているから。

嫌い、と思いながらも私は、杏一郎の指示を頭の一番前に置いている。「みんなから離れたとこに居て、ぴょっと出たパスをとる」、それだけは絶対にやらなければいけない。

ボールは、弾かれたりむしり取られたり、ごたごたした人の波にもまれながら、「あちら側」にある。あれが誰かの手から乱暴に投げられて、「こちら側」に飛んできたら、私はそれを全身かけて追いかけなければならない。

ってていうかもう俺が走ってくから俺に回す！　と杏一郎は言った。言ったのだ。

コートの外で、ぺらんと小さな音がする。得点板の残り時間がめくられて、「０」

になっていた。残り十五秒以下。八対六で、私たちは負けている。

――ボールなんか回ってこなけりゃ一番いいんだ。このまま終われば。

そう思う。でも一瞬だ。私はすぐに、すばやい身のこなしでパスカットをした杏一郎に気を奪われる。ゴールまであと少しなのに、赤いハチマキが群れになって杏一郎の前に立ちふさがる。壁を作る。白のみんなもその壁の隙間をぐろうと動くけれど、思うようにいかない。

ボールを抱えて立ち止まってしまった杏一郎の舌打ちが聞こえた、気がした。次の瞬間、目が合った。

「セン！」

杏一郎が、赤組の子たちの顔に叩き付けかねない勢いで無理矢理に球を出した。無理矢理なのに、それはまっすぐに私に向かって飛んできて、まばたきの間に胸の前までせまっていた。

――とるんだ。

迷わなかった。それしか思わなかった。

先生の笛の音と、ボールが強く床を打つ音が重なった。私は短い腕をせいいっぱい前に伸ばして、硬直させていた。

「八対六、赤組！」

頭を下げる。杏一郎は汗を振り払うようにして勢いよく顔を上げ、そのまま汗に濡れたハチマキをびゅるっとほどいた。

「アホか！」

第一声がそれだった。もちろん、その罵声は隣に立った私に対して吐き捨てられたものだった。

「とれっつったろ！　何でアレがとれないんだよ！」

容赦なく大声を上げて怒鳴る。コートの内と外、みんなの目線が私の背中に注がれているのがわかった。同情。私は黙って首を垂れて、杏一郎の前に突っ立っていた。

「ほんっとお前使えない、両腕伸ばしてボールがとれるかっつーの！　こうだよ、こう！　身体に吸い寄せるんだよ、球を！」

ジェスチャー付きでまくしたてる杏一郎の前で、私はとうとう涙をこぼす。顔が熱くて熱くて、しょうがないのだ。

――私だってとりたかった。

「……セン？」

杏一郎の目がちらりとこちらに向いたのがわかった。背中側、コートの外から、女の子の声がする。「うわ杏一郎、泣かしたあ」「さいてー」

「うっせーなお前ら。こいつが悪いんだよ、こいつが！」

私から顔を背けて、杏一郎が怒鳴った。誰かがそれに反論する。

「え、でもセンちゃんがあのパスとったところで時間切れだったじゃん」

「やつあたりだよやつあたり！」

止めたいのに、涙はぼろぼろとこぼれる。目を落とした先にある、床の白線を歪ませる。

杏一郎が、今度ははっきりと聞こえる舌打ちをした。そのまま私の前を離れてしまう。

「センちゃん、大丈夫？」

背中に小さな手が触れる。チコちゃんだ。他の女の子たちも寄ってくるのが気配でわかる。

――違うの。私、悔しくて泣いてるの。

それを言いたくても声が出なくて、ただ蒸気になりそうな熱い涙が勝手に湧き出るばかりだった。

杏一郎にだけはわかって欲しい。怒鳴られて泣いてるんじゃない、そんな女々しい子だと思われたくない。

手の甲で涙と額の汗を一緒にぬぐって、ぐちゃぐちゃになった顔を上げたら、杏一郎の背中が見えた。ステージに腰かけたともっぺの方に歩いていく、柔軟そうな脚、日焼けした首。

好き、と思った。悔しさがじゅうじゅう音を立てる中で私は発見したのだ。

「宿題見して、三分、や、一分でいいから！」

教室に戻ると、杏一郎は何事もなかったみたいに笑っていた。いつもの「ねーこのめ」だった。

私もやっぱりいつものように「しょうがないなあ」と文句を言いつつ、算数のノートを渡そうとする。でも、「面倒そうな顔」がうまくつくれない。きゅっと唇を結んでも、含み笑いのような顔になってしまうのだ。

胸の隅がかゆい。居心地が悪いわけじゃないのに落ち着かない。

でも私は、この気持ちの正体をもう知っている。

そう思ってみたら、何だか胸の打ち方が速くなった。肩をすぼめてこっそり深呼吸する。すぐ横にある、ノートを写す日焼けした手を盗み見たら、杏一郎が「あ」とつぶやいた。坊主頭の後ろ側を手で撫でながら言う。

「お前、また髪ぐちゃっとなってる」

頭を触ってみると、もうさらさらはなくなっている。でも大丈夫。

「櫛買うもん」

私の答えに、杏一郎は「ふーん」と適当な相づちを打って、また手を動かし始めた。少しだけ骨っぽい手が、雑だけどどこか丸い字を生み出していく。それを目で追いながら、私は放課後のことを考えた。

今日の帰りはチコちゃんと寄り道をしよう。それでまっしろい櫛を買うんだ。

あとがき

「小学校六年間の遠足の行き先は？」

と訊いて、答えられる人が少ないことに最近びっくりしてしまいました。あの、年に一度のビッグイベントである遠足を、人は二十五やそこらで忘れてしまうものなんでしょうか。

私は一年生から六年生までの遠足の行き先をすぐに言えますし、一年生の遠足が午後から雨になったことも、五年生の林間学校で夕食のキャベツを食べきれずに残したことも思い出せます。その林間学校の登山で男子に置いてけぼりをくったことも、六年生の修学旅行の時、女子がけんかをしていたのでグループ行動に問題が生じたことも、しつこく憶えています。

あの頃の記憶には「しこり」が多い。楽しいことだってたくさんあったはずなのに、思い返すと、砂利を嚙んだような気分になります。特に不運な環境にあったわけでもないのに、なぜでしょう。明るい子どもでいることにせいいっぱいだったので、淋しいとか心細いとか腹立たしいとか、そういう気持ちを出す余裕がなく、言葉にならないかたちで後に残ってしまったからかもしれません。

でも、私だけがそうやって無理をしていたということではないと思います。あの頃の私の隣に居たみんなも含め、子どもは、子どもであるために何かを呑み込んでいるんじゃないでしょうか。

この短編集は最初から、誰にとっても小学生時代のアルバムになるように、というコンセプトでつくらせてもらいました。フタを開けてみると、「しこり」のある話がほとんどだったのは予想外ですが、せっかくだから、それも含めて子ども時代のことを思い出していただければと思います。これを読んでくださったかたが、ランドセルを背負った子どもたちを見かけた時、「ああ、あの子たちも楽じゃないんだよなあ」「子どもって単純じゃないよなあ」と思うようになっていただけたら、私としては幸いです。

二〇〇六年一月二十四日

豊島ミホ

解説文というよりは……感想文

くらもちふさこ

校舎前の花壇には『夜の朝顔』。その前にしゃがみ込み、つぼみが生まれてくるのをわくわくしながら待ち続ける生徒は、大人でもない子供でもない私……。

＊

小学生の頃の記憶というのは断片的だ。各学年時の……特に低学年の記憶なら、ひとつ、ふたつ覚えていれば良い方だ。その覚えている唯一が、なぜそのシーンなのか？　覚えているくらい意味があったことなのか？　他の人の記憶の中までは覗けないので、それは皆共通項であるのかどうか分からないが、私の場合のほとんどは楽しいことでも、怖いことでも、悲しいことでもなく、なぜか「困ったこと」が多い。だから『ビニールの下の女の子』のセンリの「恐怖にも近い悩み」にはあっさり同化できる。子供の想像、もしくは妄想には常識も自主規制も存在しないので、脳内ではとてつもない物語が繰り広げられてしまう。成長して振り返った時に、あんなことで悩んでいたなんて可愛いな、と笑えることを、そんな体験が多ければ多いほど、照れるどころかどこか自慢に思う人も少なくないだろう。きっと期間限定の稀少な物語なのだから。

＊

必ず一人はいるクラスのいじめられっ子。「いじめられる」もしくは「からかわれる」といった言葉の印象だけなら同情的になるのが妥当であるけれど、いじめるのには子供達にとってなんらかの理由があって、それは様々だ。その中のひとつに「可愛げがない」というのがある。言い換えれば、その対象はすごく逞しかったりするのである。そしてクラスの子供達は本能的にそのことを判断でき、冷酷にもその子がいじめられている状況を静観できてしまう。『ヒナを落とす』のシノ君もその典型であることで、ここではいじめ云々よりも別のことが強く印象に残る。それは「子供のプライド意識」。ヒナを救い注目されることで、いつも自分をこばかにしてきたクラスメートと同等、もしくは優位に立ったと意識するシノ君に、秘かに苛立つセンリ。これはプライドとプライドのぶつかり合いになるのだろうか。きれい事のないストレートにぶつけられる双方の感情に触れ、子供はどんな立場にあっても対等であることが自然だと思わされる。しかし、シノ君……切ないね。

＊

実は「先生」は苦手な存在だった。大人とどう接して良いのか分からない子供だった（今でも、どう接して良いのか分からない大人だ）。まして、先生に憧れや恋心を抱いたことも当然ない。だから『先生のお気に入り』は、同調しつつ読むということができない代わりに、先が読めないという楽しみを貰えた。女性は十代半ばで、その精神面はすでに成人の域に達しているというのが、私の決め事にある（持論とまでは言わない）。ならば、センリはどうか？ センリの「毛糸が遠く、捕虜の方がリアルに感じる」という気持ちは、大人故とも、子供故とも受け取れ、丁度この時期の彼女を象徴しているように思える。「子供」と「大人」が交錯する微妙な時期の少女を前に、先生の一挙一動は見ものだ。

＊

いまさら矛盾しているかもしれないが、本当は「大人」「子供」等のカテゴリーがあまり好きではない。「子供はよく分からない」「大人はきらいだ」という言葉を耳にする時、思うことは、子供の延長に大人はあるということだ。本作品は、忘れがちなそのことを思い出させてくれる。

＊

最後に。正直、読書は苦手な私。内容の長さに関係なく完読できた本の数は、たぶん両手で足りてしまう。逆に考えれば、完読した作品は、よほど面白く読ませて貰った作品だ。この度こういった機会を頂いたことにより、この豊島さんの作品がカウントされ、両の手では足りなくなったかもしれない。有り難い。

初出誌

入道雲が消えないように　「小説すばる」二〇〇四年十二月号
ビニールの下の女の子　「小説すばる」二〇〇五年九月号
ヒナを落とす　「小説すばる」二〇〇五年六月号
五月の虫歯　書き下ろし
だって星はめぐるから　「小説すばる」二〇〇五年十月号
先生のお気に入り　「小説すばる」二〇〇四年七月号
夜の朝顔　「青春と読書」二〇〇五年九月号

日本音楽著作権協会（出）許諾第0904743－901号

この作品は二〇〇六年四月、集英社より刊行されました。

集英社文庫　目録（日本文学）

津原泰水　蘆屋家の崩壊
津原泰水　少年トレチア
津本陽　北の狼
津本陽　月とよしきり
手塚治虫　手塚治虫の旧約聖書物語①　天地創造
手塚治虫　手塚治虫の旧約聖書物語②　十戒
手塚治虫　手塚治虫の旧約聖書物語③　イエスの誕生
寺山修司　海に霧　寺山修司短歌俳句集
天童荒太　あふれた愛
戸井十月　チェ・ゲバラの遙かな旅
東郷隆　鎌倉ふしぎ話
東郷隆　おれは清海入道　集結！真田十勇士
藤堂志津子　かそけき音の
藤堂志津子　銀の朝、金の午後
藤堂志津子　昔の恋人
藤堂志津子　秋の猫

藤堂志津子　夜のかけら
藤堂志津子　アカシア香る
藤堂志津子　桜ハウス
堂場瞬一　8年
堂場瞬一　マスク
堂場瞬一　少年の輝く海
堂場瞬一　いつか白球は海へ
童門冬二　全一冊　小説　上杉鷹山
童門冬二　全一冊　小説　直江兼続《なおえかねつぐ》　北の王国
童門冬二　全一冊　小説　蒲生氏郷《がもううじさと》
童門冬二　全一冊　小説　平将門
童門冬二　全一冊　小説　新撰組
童門冬二　全一冊　小説　伊藤博文　幕末青春児
童門冬二　異聞　おくのほそ道
童門冬二　全一冊　銭屋五兵衛と冒険者たち
童門冬二　小説　小栗上野介　日本の近代化を仕掛けた男

童門冬二　全一冊　小説　立花宗茂
童門冬二　全一冊　小説　吉田松陰
常盤雅幸　真ッ赤な東京
徳大寺有恒　ぶ男に生まれて
豊島ミホ　夜の朝顔
戸田奈津子　男と女のスリリング　映画で覚える恋愛英会話
戸田奈津子　スターと私の映会話！
伴野朗　三国志　孔明死せず
伴野朗　上海伝説
伴野朗　呉・三国志　長江燃ゆ一　孫堅の巻
伴野朗　呉・三国志　長江燃ゆ二　孫策の巻
伴野朗　呉・三国志　長江燃ゆ三　孫権の巻
伴野朗　呉・三国志　長江燃ゆ四　赤壁の巻
伴野朗　呉・三国志　長江燃ゆ五　荊州の巻
伴野朗　呉・三国志　長江燃ゆ六　巨星の巻
伴野朗　呉・三国志　長江燃ゆ七　夷陵の巻

集英社文庫　目録（日本文学）

伴野朗　呉・三国志　長江燃ゆ八　北伐の巻
伴野朗　呉・三国志　長江燃ゆ九　秋風の巻
伴野朗　呉・三国志　長江燃ゆ十　興亡の巻
永井するみ　ランチタイム・ブルー
中上紀　彼女のプレンカ
中沢けい　豊海《とよみ》と育海《いくみ》の物語
中島敦　山月記・李陵
中島京子　ココ・マッカリーナの机
中島京子　さようなら、コタツ
中島たい子　漢方小説
中島たい子　そろそろくる
中島らも　恋は底ぢから
中島らも　獏の食べのこし
中島らも　お父さんのバックドロップ
中島らも　こらっ
中島らも　西《さい》方《ほう》冗《じょう》土《ど》

中島らも　ぷるぷる・ぴぃぷる
中島らも　愛をひっかけるための釘
中島らも　人体模型の夜
中島らも　ガダラの豚I～III
中島らも　僕に踏まれた町と僕が踏まれた町
中島らも　ビジネス・ナンセンス事典
中島らも　アマニタ・パンセリナ
中島らも　水に似た感情
中島らも　中島らもの特選明るい悩み相談室　その1
中島らも　中島らもの特選明るい悩み相談室　その2
中島らも　中島らもの特選明るい悩み相談室　その3
中島らも　砂をつかんで立ち上がれ
中島らも　こどもの一生
中島らも　頭の中がカユいんだ
中島らも　酒気帯び車椅子
長嶋有　ジャージの二人

中谷巌　痛快！経済学
中西進　日本語の力
中野次郎　誤診列島　ニッポンの医師はなぜミスを犯すのか
長野まゆみ　上海少年
長野まゆみ　鳩《はと》の棲《すみか》
長野まゆみ　白昼堂々
長野まゆみ　碧《あを》空《ぞら》
長野まゆみ　彼《かれ》等《ら》
長野まゆみ　若葉のころ
中原中也　汚れつちまった悲しみに……　―中原中也詩集
中部銀次郎　もっと深く、もっと楽しく。
中村うさぎ　美人とは何か？　美意識過剰スパイラル
中村勘九郎　勘九郎とはずがたり
中村勘九郎　勘九郎ひとりがたり
中村勘九郎・他　中村屋三代記
中村勘九郎　勘九郎ぶらり旅

集英社文庫 目録（日本文学）

集英社文庫　目録（日本文学）

S 集英社文庫

夜《よる》の朝顔《あさがお》

2009年6月30日　第1刷　　定価はカバーに表示してあります。

著　者　豊島《としま》ミホ

発行者　加藤　潤

発行所　株式会社　集英社

東京都千代田区一ツ橋2-5-10　〒101-8050

電話　03-3230-6095（編集）

03-3230-6393（販売）

03-3230-6080（読者係）

印　刷　凸版印刷株式会社

製　本　凸版印刷株式会社

フォーマットデザイン　アリヤマデザインストア　　マークデザイン　居山浩二

ISBN978-4-08-746446-7 C0193